3
あボーン
イラスト
館田ダン
ネトゲの嫁が人気アイドルだった
~クール系の彼女は現実でも嫁のつもりでいる~
My wife in the web game is a

「お待たせ」
水樹凛香《みずき・りんか》

「……やはり凛香さんこそが、
混沌《こんとん》に満ちたこの世界を救うアイドル……
見ているだけで心が癒され――
あ、さっきのシーンで止めて。
ぎりぎりパンツが見えない領域で
チラ見えするふとももが最高だった」
「お前の中身オッサンだろ。絶対に止めないからな」

「……お兄、私たちのためにご苦労」
小森梨鈴《こもり・りすず》

ネトゲの嫁が人気アイドルだった 3

～クール系の彼女は現実でも嫁のつもりでいる～

あボーン

OVERLAP

CONTENTS

目次

My wife in the web game is a popular idol.

イラスト／館田ダン

プロローグ　PROLOGUE

My wife in the web game is a popular idol.

緩やかに意識が浮上し、そっと瞼《まぶた》を開ける。

汚れのない真っ白な天井が見えた。水樹《みずき》家の天井。夏休みが始まってからの二週間強をこの部屋で過ごし、泊まり続けているので見慣れてしまった。

「ん？」

布団の中に何かの存在を感じる。俺のお腹《なか》辺りで誰かが丸まって寝ているような……。

猫を思い出しながら掛け布団をめくると、案の定可愛《かわい》い幼女が潜り込んでいた。

すー、すー、と聞いているだけで心が安らぐ可愛らしい寝息を立てている。……乃々愛《ののあ》ちゃんだ。クール系アイドル水樹凛香《りんか》の妹、水樹乃々愛。小学一年生の純粋無垢《じゅんすいむく》な幼女。小さなツインテールが乃々愛ちゃんらしい幼さを引き出していた。

今は本当に猫のように体を丸め、俺の横腹にくっついて寝ている。

「おーい、乃々愛ちゃん」

「…………んぅ？」

優しく肩を揺すってやると、ぼんやりと目を開けて俺の顔を見つめた。子供特有のふにゃっとした柔らかい笑みを浮かべる。

「あ、かずとお兄ちゃん。おはよー…………えへへ」

勝手に漏れ出る笑み、だろうか。可愛らしすぎて天使を彷彿《ほうふつ》させる。

いや天使そのものだった。……一応だが俺はロリコンではない。

可愛い存在を見て可愛いと思うのは人間として当たり前の感情なんだ……！

「乃々愛ちゃん、どうしたの？　布団の中に入ってきて……」

初めてのことで驚かされ、尋ねてみる。

乃々愛ちゃんは眠そうに目をこすりながら小さな声で「んぅ……かずとお兄ちゃんを起こしにきた……」と言った。

「起こしに来たのに寝ちゃったのか」

「うんー」

可愛い。凛香にもこんな時期があったのだろうか……？

いまいち想像できないな、と思いながら乃々愛ちゃんと一緒に立ち上がった。

「そういえば凛香は？」

「朝から見てないー……」

「そっか、もう出かけたのかな」

人気アイドルにゆっくりと過ごせる朝の時間はないのだろう。

基本、凛香の帰宅は遅く、出かけるのは早い。忙しい日々を送っているようだ。

「……」

「かずとお兄ちゃん、だっこー」

「はいよ」

バンザイしてねだってくる乃々愛ちゃんを優しく持ち上げて抱っこする。まだ眠たいらしく、俺の胸に頭を預け、深い呼吸を繰り返し始めた。朝にはとことん弱い子供だなぁ。

乃々愛ちゃんの存在に微笑《ほほえ》ましく思いながら部屋を出ようとし――背筋がゾクッとした。

すぐさま振り返り、押入れが微《かす》かに開いていることに気がつく。本当に微か。

中からギリギリ外を覗《のぞ》けそうな開き方だ……。

「どうしよう、なんか気配を感じる……！」

もうあれ絶対にいる。誰がとは言わないが、絶対にいる。

慎重に足を進め、押入れの前まで来た俺はゴクッと喉を鳴らす。

乃々愛ちゃんを下ろしてから腰を屈《かが》め、ゆっくり扉を開けると――濁ったガラス玉の目をした髪の長い女性が、体育座りをしてこちらをジッと見つめていた――！

「うわぁああ凛香あああ!!」

「まるでお化けに襲われた時のリアクションね」

「なんで押入れの中に……！」

分かっていた……いるのは分かっていた……！　それでもビビる。

クール系の人気アイドルさん、本当に何をしているんですか……いやまじで。

「和斗《かずと》が言ったんじゃないの」

「俺？　何も言った覚えがないんですが」

「俺の布団に入らないでほしい……和斗はそう言ったわ」

「あー……」

　確かにこの前言った。凛香は毎晩俺の布団に忍び込んでくるのだ、俺が寝ている隙に。しかも抱きついてくる。人気アイドルでもある好きな女の子から、そこまでされると嬉《うれ》しいのだが……やはり俺の理性に問題があった。当たり前だ。俺も思春期真《ま》っ只中《ただなか》の男、何かの拍子に理性という名の防壁は崩壊する。たとえ数多《あまた》の強敵を前に立ち続け、仲間を守り続けた最強のウォーリアだとしても……（ネトゲの話）。

　まあ俺たちは恋人だし凛香は夫婦のつもりでいるし、別に一線を越えても……と一瞬だけ考えてしまうこともある。ただ問題なのが、凛香が変に純粋であること。夫婦のつもりでいるのに性的な話になると激しく動揺してしまう。そのくせ密着してくるのだ。クール系アイドルなのに、こういうことには子供のような無邪気さ。ある意味生殺《なまごろ》しみたいなもの。俺が暴走しようものなら、凛香の両親にバレて問題に発展する可能性もある。

　と思ったが、あの人たちなら普通に寛容的な態度を見せそうな気がした。

　香澄《かすみ》さんも促すような態度だし……。

　と、とにかく、凛香が忙しい今の時期は良くない。

こちらとしても付き合っている時間を大切にしたいのだ。

そこで先日、俺の理性が殺される前にお願いした。布団に入らないでほしい、と。

「布団に入るのがダメなら……もう押入れに入るしかないわよね？」

「ほ、本気で意味が分からないッ。押入れに入ってどうするんだよ……！」

「この扉越しに和斗の寝息や存在を感じ取るの……ふふ」

「え、まさか一晩中――――？」

押入れという真っ暗な空間で、暗い笑みを浮かべる凜香。ヤバいな、アイドル活動が忙しすぎて疲れ切っている。でもこれが凜香の平常運転だよなーとすぐに思い直した。

「酷《ひど》いわ和斗。共に暮らす夫婦なのに、別々の部屋で寝ることを強制するなんて……」

「夫婦じゃなくて恋人だけどね。それに凜香の家族がいるだろ？　同じ布団で寝るのはちょっと……」

「そういうこと。つまり私たち二人きりの環境なら、一緒に寝てくれるのね？」

「……いや、それは……どうなんだろ」

あまりにも凜香が堂々と言ってくるのでこっちが恥ずかしくなった。

俺からも凜香に迫ることはあれど（たまに）、俺は振り回される側のようだ。

「ねね、かずとお兄ちゃん。わたしも一緒？」

「え？」

「凛香お姉ちゃんとかずとお兄ちゃんがお引越しするなら、わたしも行くー」

「だめよ。乃々愛はこの家にいなくちゃ」

「やだ！」

乃々愛ちゃんがプイっと凛香から顔を背ける。子供らしい仕草に可愛らしさを感じた。

ジーッ。凛香のジト目から放たれる視線が、俺の頬に刺さる。

「なに、凛香……？」

「ほんと二人とも仲が良いわね。ずっと一緒にいるわ」

「まあ夏休みに入ってから毎日遊んでるし……」

「私も和斗に抱っこされて毎晩一緒に寝てひたすら可愛がられたい……」

「お、おい」

「もちろんその逆もあり。子供になった和斗をあの手この手色んな方法で愛してあげる」

「具体的にどんな方法で――やっぱいいです」

「あ、ガラガラの好みとかあるかしら。それからおしゃぶりも――」

「いいってば！　やっぱり赤ちゃん扱いだし！」

「……あと、和斗とネトゲがしたいわ……ええ、混じりっ気のない本音で」

さっきまでのふざけた雰囲気が消え去り、凛香が小さな声で本音を漏らした。

人気アイドルとして忙しい凛香は、今の時期においてネトゲをする暇がないようだ。

どう励ませばいいのか悩んでいると、クイッと乃々愛ちゃんに袖を引っ張られる。

「かずとお兄ちゃん、ずっとこの家にいてね」

「うん。夏休みの間はずっといるよ」

「んぅ……わかった」

うつむき、寂しそうに返事をする乃々愛ちゃん。俺がこの家に来た時と全く同じ会話が行われた。そして俺たちを見ていたクール系アイドルは――――。

「羨ましい……。乃々愛が羨ましいわ。私も自由奔放な子供になりたい」

そう呟《つぶや》き、指をくわえて乃々愛ちゃんを見つめていた……。

果たして世間の人々は今の凛香を見て信じられるだろうか。

学校で男嫌いと噂《うわさ》され、一部の人たちからは冷徹とまで言われるクール系アイドルだと。

☆

「朝から見かけないと思ったら押入れの中にいたのかー。わが妹ながら恐ろしいね～」

向かいに座る香澄さんがのんびりした口調でそう言う。

恐ろしいと口にしながらもすでに慣れているのだろう、全く動揺した気配がない。

「本当に驚きましたよ。あれならまだ布団に入ってくれた方がマシです」

「その時は声を抑えてね」

「何がですか……」

呆《あき》れた俺に向かって香澄さんが軽く爽やかに笑う。楽しそうですね……！

このリビングにいるのは俺と香澄さん、テレビに張り付いている乃々愛ちゃんの三人。凛香は自室で出かける用意をしているらしい。両親は不在だ。

「最近は凛香だけじゃなく、乃々愛も和斗くんにベッタリじゃん。ずっと和斗お兄ちゃん、和斗お兄ちゃんって言ってるんだけど」

「今はテレビに負けてますけどね」

チラッとテレビに張り付く乃々愛ちゃんを見てみる。何やらアニメを観《み》て興奮しているらしく、両腕をグイーッと天井に伸ばしていた。何かのポーズの真似《まね》か。

テレビにはアイドル風の少女が映っており、手にしたステッキを振り回して魔法少女に変身していた。絵の雰囲気からして女児向けアニメだ。大きなお友達もいるんだろうな。

「すみませんちょっとトイレに……」

ガタッと音を立てて椅子から立ち上がり——乃々愛ちゃんがハッとこちらに振り返った。

何事かと思っている間に乃々愛ちゃんがこちらに駆け寄ってきて、俺の腕をグイグイ下に引っ張ってくる。大人しく座ってみせると、「うん」と満足そうに頷《うなず》いた。

「えと、乃々愛ちゃん？」

「だめっ。かずとお兄ちゃん、ここにいて」

「え……」

それだけ言うと再びテレビの前に張り付く。……どうしてだ。

「同じ空間にいてほしいんじゃないの？」

「そうなんですかね……」

「なんか乃々愛《ののあ》に言った？　寂しがらせるようなことっていうか、もうじき離れ離れになっちゃうみたいな」

「夏休みの間だけこの家にいるとは言いました」

「ふーん、それか」

香澄さんは腕を組み、納得したように何度も頷く。

乃々愛ちゃんが俺を恋しく思ってくれるのは嬉しいが、今は漏らしそうでヤバい。

「乃々愛は和斗くんが好きだねー。家でも外でも和斗お兄ちゃん和斗お兄ちゃん……。そのうち凛香《りんか》を明るくしたような女の子になりそう……ゴクッ」

「………………」

戦慄する香澄さんを見て、冷たい風が心の中を通り抜けた。

いやでも天使にそれだけ好かれるのはいいことだろ！

そう思いながらも凛香の母親を思い出し、水樹《みずき》家の血は侮れないと戦慄した。

「そ、そろそろ尿意が限界なんで、トイレ行きます」

音を立てないよう慎重に椅子から立ち上がり、テレビに夢中の乃々愛ちゃんの様子を窺《うかが》いながらリビングから出ていく。トイレに駆け込んだ俺は見事尿意を放出することに成功し、手を洗い洗面所から出た。

「あ、和斗」

自室での支度を終えていたらしい凛香がリビングから出てきた。その肩にかけられた大きなショルダーバッグは、しばらく家に帰ってこないことを示している。

俺がトイレに行っている間に、凛香は乃々愛ちゃんと香澄さんに挨拶をしていたようだ。

「もう出発？」

「ええ、当分和斗にも会えなくなるわね」

「四日間の外泊……だよな」

「今回は少し不安ね。スター☆まいんずでのイベントではなく、私一人で泊まりだから」

硬い表情を浮かべる凛香と話をしながら共に玄関へ歩いていく。

スター☆まいんずの中でも絶好調の凛香は一人での仕事が増えているそうだ。すごいよな……。俺なんて家でネトゲをしているか乃々愛ちゃんと遊んでいるだけだもん。

「とても寂しくなるわ、ええ……とても」

玄関に着いた凛香が靴を履き、別れを惜しむ。

「四日だけならすぐだよ」

「そんなことないわ。和斗に会えない一日は永遠の苦しみを思わせるもの。なぜなら私たちは夫婦、愛する者同士が引き裂かれることはこの世で一番辛《つら》い出来事よ」

「そ、そうっすね……！」

俺も辛いがそこまで深刻ではない。

普通の感情の範囲で、寂しいなー、凛香がんばれー、くらいに思っている。

「しばらく会えないかわりに、強く和斗の存在を感じたい……」

「凛香が暇そうな時を狙って電話するよ」

「ありがとう。でも、そうじゃない……そうじゃないの」

どうして分かってくれないの？　と言いたそうな儚《はかな》い目で見つめてくる。

そしてチラチラと俺の唇を見ていることに気がついた。

「あ、あー、そういうことか……」

「私の夫はこういう時に限って鈍いのね」

「夫ではなく恋人——もういいか。このタイミングでするのは恥ずかしいかな……」

「前はしてくれたじゃないの、和斗から」

「あれは不意打ちだからできたんだ。身構えられると、結構恥ずかしい」

「何を恥ずかしがる必要があるのかしら。私たちはリアルよりも本性が出るネトゲで結婚した夫婦……キス程度で恥ずかしがる必要なんてないわ」

「とか言う凛香の顔は真っ赤ですけどね」

「──────ッ！」

サッと赤くなった頬を両手で隠す凛香。可愛《かわい》いなぁ。

俺は後ろに乃々愛ちゃんがいないことを確認する。緊張しつつも凛香と向き合った。雰囲気の変化を感じ取ったらしく、凛香も肩を強張《こわば》らせてその時に備える。

……こうも落ち着いた雰囲気でするのは逆に緊張するぞ。

凛香の両肩に手を置き──ふと足元から視線を感じた。見下ろす。

そこには、キラキラとした目でこちらを見上げる乃々愛ちゃんの姿があった……！

「すでにいるしッ！」

「ねね、ちゅーするの？」

「いや、これは──」

「すごーい！　はやくはやく！」

「……いつからそこにいたの？」

「凛香お姉ちゃんが靴を履いてるときー」

割と前からいたんだな……。全く気づかなかった。

「乃々愛。いくら子供とはいえ夫婦の邪魔をしてはダメよ」

「わたし、じゃまなの？　ぐすっ」

「くっ……子供の純粋さにはどんな大人も勝てないでしょうね……っ」

涙目になる乃々愛ちゃんを見た凛香が、これ以上は怒れないと困り顔で白旗を揚げる。

世間からは厳しいイメージがあるクール系アイドルも妹には少し甘かった。

「和斗《かずと》。出かける前に渡したい物があるの」

凛香はショルダーバッグの中から和斗くん人形のような物を取り出す。

それは凛香をデフォルメした可愛らしい人形だった。

「えと、これは？」

「夫が寂しくて泣いてしまわないように作っておいたの。嬉《うれ》しい？」

「……」

「嬉しくないの？」

「う、嬉しい！　すごく嬉しい！」

「そう、良かったわ」

不安そうに歪《ゆが》んだ顔が安心の笑みに変わる。……凛香ちゃん人形か。パッと見ただけでクオリティの高さを感じさせる。手に取ってみるが、まあ可愛い。アイドル衣装が着せられている。クリッとした大きな目に、天真爛漫《てんしんらんまん》な明るさを感じさせる笑顔。

見た目は水樹凛香だが、キャラの雰囲気はリンの方だな。

「それじゃあ行ってくるわね」

俺と乃々愛ちゃんに見送られ、ついに凛香は家から出ていった。

今日から四日間、凛香は帰ってこない。心に穴が空いたような虚《むな》しさが襲ってきた。

「…………？」

通知音が鳴ったのでスマホを取り出して確認する。父親からだった。届いたメッセージは『家に帰ってきてほしい』というシンプルなもの。何かの用事だろうか？　それともこの前『話をしよう』と送ったことか？　もしくは息子がいない家に寂しさを——そんなわけがない。とりあえず『分かった』と送り返す。

「どうしたの？」

「ごめん乃々愛ちゃん。今から俺も出かけるね」

「いいよ！　わたしもいく！」

「今回は俺一人だけの方がいいかな……ごめんね」

「んぅ……」

乃々愛ちゃんがしょんぼりと項垂《うなだ》れる。ズキッと罪悪感で胸が痛くなった。

ただ今回は本当に仕方ないこと。乃々愛ちゃんを連れていっても良いことはない。

どんな用件で呼ばれたか分からないが、戻ってこられそうならすぐに戻ろう。

☆

昼頃に我が家に到着した。カギを取り出してドアを開け、中に踏み込む。

リビングに足を運んでみるが、俺を呼び出したはずの父親の姿を見つけられなかった。

少なくとも一階にはいない。

「なんだよ」

確認しようと思いスマホを取り出したところで父親からの『仕事で帰れなくなった。すまない』とメッセージが届いていることに気づく。

若干イラついたが、俺の父親はこういうものだよな、と自分に言い聞かせた。

「せっかくだしネトゲをするかー」

そういえばログインボーナスを全くもらっていない。

夏休みイベントもしていないぞ。最後にネトゲをしたのはいつだっけ？

――ヤバい、めちゃくちゃしたい。

ネトゲ成分が欠乏している！

抗《あらが》えぬ衝動。

俺は、走った。

階段を駆け上がり、自室を目指して廊下を走る。

途中少女とすれ違ったので「あ、どうも」と挨拶すると、「……ど、ども……」と小さな声で返事をもらった。

「………」

何か、おかしくない？

自分の部屋の前まで来ていた俺はピタッと動きを止める。振り返った。

ちょうど階段を下りようとしているのは一人の小柄な少女。

フード付きの着る毛布で全身を包んでいる———。

「って、誰だお前ー！」

「———っ！」

ドタガタドタッと音を立てて少女が落ちた。あれはヤバい！

急いで走り寄り、おそるおそる階段の下を覗《のぞ》く。

「……い、いた……いた……ぅぅ」

見知らぬ少女が、頭を抱えて倒れていた………。

「お、おーい。大丈夫？」

「……うう、んっ……んんっ……！」

本気で痛そうに体をくねくねさせる謎の少女。

俺からすれば不審者だが、心配になる落ち方をしたので不安になった。

とにかく情報を知りたくて少女を観察するも、分厚い着る毛布で全身が包まれているのでよく分からない。なんか柔らかい固まりが蠢《うごめ》いているようにしか見えなかった（今は夏なのに暑くないのか？）。体格から見るに小学五年生くらいな気がする。

とりあえず彼女を起こしてあげよう……。

俺が階段に足を下ろしギッと鳴った瞬間、こちらに気づいた少女が跳び上がる。

そしてシャカシャカと四足歩行でリビングに駆け込んだ。

「昆虫かよ……」

あまり良い予感はしないが、俺も階段を下りてリビングに向かう。

「…………」

彼女はソファの後ろから顔の上半分だけを出し、こちらの様子を窺っていた。

おまけにフードを深く被《かぶ》っているので、どんな目をしているのかすら確認できない。

「あの、さ。頭……大丈夫？」

「……痛い……」

「だよな。病院行く？」

「…………」

何も言わず、首を左右に振って拒否を示してきた。

見たところ深刻なダメージではないようだが、打ったのが頭だけに心配になる。

「一番確認したいことがあるんだけど、君誰？」

「……ここの、住人」

「奇遇だな。俺もなんだよ」

「……不審者」

「俺からしたら君が不審者なんだが……。名前は？」

「………り……りす……」

「リス？　リスちゃん？」

体格といい雰囲気といい、確かにリスっぽい。

「……小動物扱い……」

「あー、ちゃんと話し合おう。今、そっちに行くから」

「……その飢餓に満ちた目は獰猛《どうもう》な肉食獣を彷彿《ほうふつ》させ、非力な少女を小動物と見立てるや否やよだれを垂らしながらジリジリとにじりよる」

「は？」

「……抵抗する少女を乱暴に押し倒した男は、家中に響き渡る悲鳴に愉悦を感じながら白い柔肌《やわはだ》に爪を立て――」

「待て待て！　何言ってんの!?」

「…………こわっ」

…………。

この子とは絶対に仲良くなれない。初対面の人にそう思ったのは初めてのことだった。

だが自分の家に見知らぬ人間がいる状況は見過ごせない。

「まず状況を確認させてくれ。ここは俺の家だ」

「……私の、家でもある」

「そ、そっか……。いつからこの家に住み始めたんだ？」

「……一週間前」

一週間前――あ、待てよ。父親が家に帰ってこいと言った理由は……この子か？

ていうか先日、俺はシュトゥルムアングリフを連れ、家に帰ってきた。

その時に父親と再会したのだが…………え、この子いたの？

俺が父親に向かって叫んでいた時、この子が二階にいたの？

「どうやってこの家に来た？」

「………新しい父に、連れてきてもらった」

「新しい父……。それ、俺の父親？」

「……多分、そう。顔が似ている」

「初めて整形したくなった」

「……もったいない。かっこいいのに、女性たちが泣き叫ぶほど……」

「全然嬉しくないっていうか、化け物扱いじゃんそれ」

頭の中で、俺から逃げ惑う女性たちの姿が思い浮かんだ。やはり俺がイケメンというのは凛香《りんか》フィルターを通しての評価だったらしい。目の前の少女がひたすら俺から逃げ、ソファの後ろに隠れているのが何よりの証拠。どんどん悲しくなってきたぞ……。

「……前の家、住所バレしたから、この家に引っ越した……」

「住所バレ？　まるで有名人みたいな言い方だな」

まさかアイドル？　と一瞬考えたが、それはないと即座に自分の中で否定する。

こんな変わったアイドルがいるとは思えない。凛香や奈々《なな》みたいな特殊な例もあるけれど、たまにあるから特殊なのであって、普通なわけではない。

現実的に考えて、思いついたのは一つだった。

「じゃあ……動画配信者、とか？　最近流行《はや》ってるし」

「…………そんなところ」

うつむき、若干考える素振りを見せたが、こちらの言葉に肯定した。

そして俺の中で、ある予想ができあがっていく。現状を考えると見えてくる一つの予想。

「ひょっとして君、俺の妹だったりする？」

「……姉の可能性もある」

「ないな、それは。絶対に」

「…………ちっ。舐《な》めやがって……」

「意外と口悪いなぁ。ちゃんと確認したいんだけど、君は俺の継母《ままはは》の娘？」

「……そう」

「…………まじかー」

こんな話、聞いてないぞ。衝撃的な事実に頭がクラクラしてきた。

父親が再婚したのは俺が中学二年生の頃。その時から俺には妹がいたということになる。

「そんなバカな……いや、これはありえないだろ」

「……ありえてる、現実に」

「あーうん、そだね。あとさ、俺のことを知っていて不審者扱いしたよね？」

「…………」

「なるほど、都合が悪かったら黙るタイプか……！」

一番信じられないのは、このことを黙っていた父親だ。

黙っていられるその精神に驚きを隠せない。…………一旦、話を整理しよう。

実は俺に妹がいた。その妹は一週間前からこの家に住み始めた。

理由は住所バレしたから。どうやら妹は配信者らしい。

「ダメだ、話を整理してもいきなり過ぎてパニックになる……！」

「……ご乱心……？」

ソファの後ろから顔半分だけ出している妹が心配そうに見てくる。ご乱心というか発狂しそうだ。これがネトゲなら回復アイテムで治せるが現実はそうはいかない。

「ま、まあいいや……よくないけどいいや。多分父親は俺と君を会わせたかったんだろう、その説明はなかったけど……。これからどうする？」

「……どうする、とは？」

「初めて顔を合わせたわけだし、これから何かするとか」

「……怖いからヤダ。何もしない」

「めっちゃ警戒されてるんだな、俺……」

「……無自覚に女をたらし込む甘い顔と声をしてる……危険度ＳＳ」

目の前の少女は、意味不明なことを言って俺から逃げようとする。

とはいっても、ある程度の心理的な距離を詰めておきたい。

「俺、和斗《かずと》。君のことはリスでいいのかな？」

「……別にいい……」

名前がリスなのか。珍しいな。

「何歳？」

「……十五……高一」

「そっか、俺より一つ下――え、高一!?　小学生だろ!?」

「……紛れもない立派な高一のお姉さん」

「全然見えないしお姉さんでもない………」

嫌味とかではなく、本当に小学生にしか見えなかった。

唖然《あぜん》としている俺を見て、リスがムッとする。

「……次、私を小学生扱いしたら……どうなるか分からない」

「分からないって具体的には？」

「……いつの間にか、ご近所さんから避けられるようになる」

「まじで怖いやつじゃん……！」

具体的に何をするのか明かさず、どんな未来になるのかを想像させる恐ろしさがあった。

脅迫をすることに慣れている。

「……私に変なことしないと、約束してほしい」

「も、もちろんだ」

「……あと、私の部屋に入らないでほしい」

「分か――――」

「……極力、私に関与しないでほしい」

「…………分かった」

圧倒的な距離感があった。完全なる拒絶、警戒……およそ家族に対する言葉ではない。

「一応家族なんだし、それなりに仲良くしたいと……俺は思ってる」

「……私たちは、家族という名の他人。関係上、家族なだけ」

「そうだけど……」

「……家族だから仲良くする、みたいな考え方は嫌い」

彼女の強い言い方に、グッと喉が詰まった。おそらく俺の発言は一般の人からすれば、何もおかしいことではない。家族だから仲良くしたい、そう思うのは不自然ではないだろう。けれど彼女からすれば不愉快だったのだ。どこか凛香に似ている気がした。

「……これから、よろしく」

「あ、ああ……はい、よろしく」

打ち解けるつもりが全くない新しい家族に、俺は不安しかなかった。

今日のまとめ。数年前から俺に妹がいたことが発覚した。なんだそりゃ。

☆

その日の晩。自室でネトゲ（採掘）をしている俺は、妹のリスを思い出して集中できずにいた。あれだけ素っ気ない態度を取られると、かなり寂しい。

かといって、この状況で凛香の家に帰るのも違う気がする。

向こうから距離を置かれているとはいえ、今のリスを放置するのも気が引けた。

一緒に暮らす上で、苦痛にならない程度の仲になりたいのにな……。

「どうしたもんかなー。あ、凛香からだ」

電話が来たので、採掘を一時中断してスマホを手にする。応答した。

「和斗、今時間ある？　少しでもいいから話がしたくて……」

「大丈夫だよ」

「……何かあったの？」

「え？」

「声に少し元気がないわ」

すごい、さすが凛香だ。この短いやり取りで察してくれた。

「ちゃんと凛香人形を抱きしめてる？　私がいなくて寂しいのは分かるけれど、もうしばらく我慢してほしいわ。私も……我慢するから」

全く察していなかった。

「違うんだ凛香。実は――」

「違う？　つまり私がいなくても寂しくないということ……？　まさか浮気？」

「してない！　俺は凛香一筋だよ！」

「和斗が私に夢中なのは理解している。だからこそ、離れ離れになった時の寂しさに耐えきれず、他の女で寂しさを誤魔化す可能性があるわ」

「ないよそれは！　他の女とかもいないしっ！」

「それはどうかしら。和斗がその気になれば愛人なんて何人でも作れるわ」

「愛人て……。俺は凛香一筋で、寂しい時は凛香のライブ動画を観《み》てるくらいなのに」

「そ、そんなに私のことを……！　い、いえ、でも聞いたことがあるのよ。妻がいない寂しさを紛らわすため、他の女に手を出して家に連れ込む夫がいるというのを……！」

「だから違う――お願いだから話を聞いて!?」

必死の訴えからその後、これまでの事情を込みで俺に妹がいたことを簡潔に説明した。

しばし黙り込んでいた凛香だが、ゆっくり喋《しゃべ》り始める。

「ごめんなさい、和斗のことは本当に信頼しているの。けれど、最近疲れているせいかしら……。どうしても不安な気持ちが込み上げて我慢できなくなることがあるのよ」

「いや、いいんだよ。そういう時って誰にでもあるからさ」

「和斗……優しいわね。その懐の深さも大好きよ」

大好きと言われてドキッとさせられる。あと懐が深いというよりは、慣れた。

「それにしても警戒心の強い女の子ね。あの和斗にも怯《おび》えるなんて」

「あの和斗って何だよ……。俺さ、これからどうしたらいいのか分からなくて」

「和斗はどうしたいの？」

「せめて警戒されない程度の関係になりたい。同じ家で暮らすことになるんだし」

「あら、家族として仲良くなりたいとは言わないのね」

「それは少し難しい……と思う」

家族になりました、だから今すぐ家族のように振る舞いましょう！　は無理な話だ。

ただし歩み寄ることはできるはず。最低限、お互い気楽に生活できるくらいには。

「普通にしていればいいと思うわ」

「普通、か」

「私とネトゲをしていた時も、何かを考えていたわけではないでしょう？」

「そうだなぁ。楽しい、リンにも楽しんでほしい。楽しさを共有したい。それだけだった気がする」

「子供のような無邪気さね、ふふ」

聞いているだけで癒される、心地よい小さな笑い声だった。

「私もリスちゃんに挨拶したいわ。和斗の妹ということは私の家族であり、妹だもの」

「………」

家族なのは俺とリスであって、凛香《りんか》は自称である。

「あ、ごめんなさい。呼ばれてしまったわ」

「分かった。また明日時間があったら電話しよう」

「ええ、ありがと」

電話が切られる。多分アイドル関係の人に呼ばれたのだろう。凛香も大変だな……。

「おっと、香澄《かすみ》さんに連絡しないと」

電話をかけると、すぐに繋《つな》がった。軽い調子で事情を聞かれたので経緯を説明する。

「そっかそっか、実は和斗ボーイに妹がいたと……。え、普通にヤバい話じゃん。今まで知らなかったんだよね？」

「はい」

「ぶっ飛んでるわー。和斗ボーイも大変そうだねぇ」

おちゃらけた喋り方をして共感してくれる。きっと香澄さんなりの励まし方だろう。

「それで何日間か家に帰ろうと思うんです。リスから最低限の信頼はされたいですし」

「オッケー、頑張ってね。あ、でも……こっちが少しまずいかも」

「どういうことですか？」

「えーとさ――待って乃々愛《ののあ》……うん、そう和斗くん………。ごめん和斗くん。今から乃々愛に代わるね」

「かずとお兄ちゃん？」

「うん俺だよ」

「もうすぐごはんの時間だよ？　早く帰ってこなくちゃダメッだよ？」

乃々愛ちゃんなりの精一杯の注意なのか、ダメの強い言い方が可愛《かわい》かった。

「ごめんね乃々愛ちゃん。俺、今日からしばらく家に帰ることにしたんだ」

「家？」

「うん、俺の家」

「…………」

無言の時間が流れる。ドクドクと心臓が高鳴り始めた。これは、緊張感だ。

以前から乃々愛ちゃんは俺が離れることを嫌がっていた。これは――。

「…………うそつき」

「え」

「かずとお兄ちゃんのうそつき！」

「の、乃々愛ちゃん――！」

「夏休みの間、ずっと家にいるって言ったのに！　かずとお兄ちゃんのうそつき！」

「違うんだ！　これには事情があって――」

「かずとお兄ちゃんなんて大嫌い!!」

「――――ッ!!」

ごふっ。口から血を吐く。たとえだが、それぐらいの精神的なダメージを食らった。

じわじわと視界がかすんでいく。涙だ。足元の床が抜けていくような絶望感が襲う。

「あ、あー和斗くん？　大丈夫？　乃々愛には私の方から説明しとくからさ……そんな気にしないでね？」

「香澄さん……ロープって、いくらくらいで売ってますかね？」

「和斗くん!?　ロープで何するつもり!?」

天国に行けば天使に会えるだろう。

☆

二日が経過した。残念なことにリスとは全く話をしていない。露骨に避けられていた。

リスは朝早くに出かけ、夜遅くに帰ってくる。家にいる間は部屋にこもりっぱなしだっ

た。部屋前の廊下でたまにすれ違うこともあり、その時に俺から挨拶をするのだが、適当に頷《うなず》かれてそそくさと去ってしまうのだ。取り付く島もない。

一度だけリスの私服姿を後ろから見ることができた。今朝のことである。

玄関で靴を履いているリスの姿を確認した。

いつもの着る毛布ではなく、夏らしい涼しげな服装をしていた。

髪の毛は頭の横でちょこんと結んで整えてあったので、最低限のオシャレは気にしているんだと思う。現在分かっているのはこの程度でしかない。

「はー……。これはきついなぁ」

俺の周りには積極的な人しかいない。自分から歩み寄るのはすごく苦手だ。

いっそのこと渾身《こんしん》の笑顔で『一緒にネトゲをしないか（キラッ）』と誘ってみようか？

「ダメだ、絶対に気持ち悪がられる。最悪警察呼ばれるぞ……！」

試しに鏡に向かって俺なりのイケメンスマイルを浮かべてみたが、ただただ気味が悪かった。表情が歪《いびつ》である。乃々愛ちゃんにも泣かれそうだ。

「スタまい観よ」

パソコンでスター☆まいんずの動画を再生し、ボーッと可愛い五人組を眺める。

明るい奈々《なな》の笑顔に、キリッとした凛香……。気持ちが晴れていく。

「…………ん？」

五人組の中で一番小柄な少女に目が向いた。名前は【小森梨鈴《こもりりすず》】。

小さな体にサイドテール。若干余裕がなくも一生懸命な表情。スター☆まいんずの可愛い系ポジションだ。不器用なキャラで（昔はステージ上でこけたり、マイクを落としたり、マイクを顔にぶつけていたらしい）、不器用なりにも努力を怠らず、何事も一生懸命というのが世間からの評価。ちょっと口下手で、実年齢よりも若く見える高校一年生。

まさに応援したくなる不器用なロリ……と思わせて実は毒舌キャラである。

何でも売れなかった時期に色々と方向性を探った結果、なぜか毒舌の方面でウケたらしい。以前、なんとなく彼女のSNSを覗《のぞ》いてみたことがあった。するとファンのコメントに対して『え？　私のファン？……ロリコン』という返事がされていた……。

他にも『ライブに来る前にお風呂入れ。おまえら雨に濡《ぬ》れた犬みたいな臭いがする』『無理してクールぶらなくていい。だって童貞臭は隠せないから』『なんかファンの人で、歯が溶けている人がいる。ライブやグッズじゃなくて歯医者にお金を使った方がいいのでは？』とかなんとか、どう見ても一部のファンを煽《あお》るようなことが書かれていた。

他にも『お金が欲しい。全人類私にヨシヨシしてひたすら甘やかしてほしい』と欲望を全開にしたことも書かれている。

俺にはこの良さが分からないが、スター☆まいんずの中で最も熱狂的なファンが多いそうだ。そして最もメンバーの中でSNSが荒れる頻度が多い。

「……なんか見覚えが……？」

動画の小森梨鈴を見て首を傾《かし》げる。まあ見覚えがあるのは当然だ。動画で何度も観ているのだから。ただ、もっと別の機会で見たような気がする。なんだろう。

「いやいや、今はリスのことだ」

俺がこれだけ気にしているのなら、女の子のリスはもっと気にしているはず。ストレスもためているだろう。俺たちが仲良くなれるかはともかく、警戒心を解いてあげるのが先決か。せめて俺に危険がないことを理解してほしい。

「……自己紹介か。まだ名前しか知らないもんなぁ」

まずは俺のことを知ってもらおう。そしてリスに安心してもらいたい。

☆

自己紹介をする。そう決めた俺は早速行動することにした。

夜になりリビングで待機する。椅子に座り、二階に通じる階段をジッと見つめた。

一度くらいは一階に下りてくるだろう。そう期待しての待ち伏せだ。

しばらくして階段の方から足音が聞こえてくる。フラフラとした足取りで、いつもの着る毛布で全身を隠したリスがリビングに入ってきた。

こちらに気づき、ビクッと体を震わせる。すかさず身構えて警戒態勢に入った。

「少しだけ俺と話をしないか？」

「…………」

無言を貫いたリスは振り返って階段の方に歩いていく。

「待ってくれ！　自己紹介しよう！　もっとお互いを知るべきだと思うんだ！」

「……私たちは家族、言葉を交わさずとも心は通じ合っている」

「ほんとか？　じゃあ今俺が考えていることを言ってくれ」

「……ぐへへ、まじロリ最高……」

「一ミリも通じ合ってねえよ。あとロリの自覚はあったんだな」

「……私は強い女。だから、ありのままの自分を受け入れることができる」

「でも小学生扱いされたら怒るんだろ？」

「……ふゅっきゅー、ぶちころすぞ……ロリコンめら……！」

「こわこの子……まじで口悪いんだけど」

俺が恐怖で体を震わせていると、今度こそリスは階段の方に向かおうとする。

「待ってくれ。ちょっとでいい……俺と話をしてほしい」

「……！」

「頼む、この通りだ」

「……土下座をされては仕方ない……慈悲の心で話そう」

本当に渋々といった様子で、リビングに戻ってきたリスが向かいの椅子に座った。

これだけの距離になってもフードで顔が見えない。徹底して顔を見せるつもりがないらしい。そして当たり前だが俺は土下座をしていない。頭を下げただけだ。

「えーと、改めて俺は綾小路《あやのこうじ》和斗《かずと》。高校二年生だ」

「……ん」

「趣味はネトゲだ」

「……ネトゲ？」

「そう、ネトゲ。黒い平原ってネトゲにハマってる」

「……っ！」

ぴくっとリスが反応したように見えた。まさか知っているのだろうか。

人気のあるネトゲで、ＣＭもやっているから知っていてもおかしくはないが……。

「実はリスも黒い平原をしてたり？」

「……ちょっとだけしてた。もうしてない」

リスはそれだけしか言わなかった。【黒い平原】の話に乗り気ではないように見える。

それからも俺は自分について適当に喋《しゃべ》ってみせた。好きな食べ物や嫌いな食べ物、どんな友達がいるのか……。もちろん凛香《りんか》のことは伏せているし、雰囲気を悪くしたくないので俺の父親には一切触れていない。リスは口を挟むことなく淡々と聞いてくれた。

「どう？　俺は警戒するような危険人物じゃないってこと分かってくれた？」

「……その必死さが逆に怖い……」

「………………」

もうどうしたらいいんだよ（泣）。

やはりネトゲ廃人の俺は、人と打ち解ける能力が低いのかもしれない。いきなり自己紹介も変な感じがしたし。スムーズな話題を展開できていないのは自分でも分かっていた。ネトゲであれば人との交流に苦労しないのだが……ッ！

悩んでいる俺を見たリスが、警戒心を隠さずに尋ねてくる。

「……私と、仲良くなって……どうしたいの？」

「どうもするつもりはないよ。リスに安心してほしいだけなんだ」

「……安心？」

「うん。家は安心できる場所……何も考えず、寛《くつろ》げる場所でありたいだろ？」

「……それはそう。でも……」

「でも？」

「…………なんでもない」

「そっか……。俺はリスを傷つけるような存在じゃない」

「……最初に、階段から突き落とされた……」

「突き落としてはないだろ！　ちょっと叫んじゃったくらいで……」

「……私を、小学生扱いした……」

「それはごめんなさい。この通りです」

土下座をする勢いで頭を下げ、額を机にくっつける。小学生扱いは確かに失礼だった。

「……ふふ」

「え？」

小さな漏れ笑いが聞こえたので顔を上げる。リスの口が楽しそうに歪《ゆが》んでいた。

それを俺に見られたことに気づき、すぐにパッと顔を背けてしまう。

「……悪い人ではない。ちょびっとだけ、信じる」

「あ、ああ」

「……私のことも、話した方がいい？」

「それは任せるよ。俺は無理して仲良くなるつもりはないし」

「……そう、なんだ」

「自然に過ごして、今よりも仲良くなれるならそれで良いし、仲良くなれないなら……それが俺たちの適切な距離感なんだと思う」

仲が良い＝良いこと、それは間違いない。でも今は無理のない関係を作れたら嬉《うれ》しい。

「あ、もう一つ趣味があるんだ。むしろこれを先に言っておくべきだったかも」

「……なに？」

「俺、スター☆まいんずというアイドルグループのファンなんだよ」

「――――え」

ハッとリスが顔を上げる。フードの陰に隠れた目が、バッチリ俺の目を捉えていた。

「お、知ってる？」

「……知ってるも何も――――今、すごく人気ある」

「だよな」

「……誰が、一番好き？」

「それはもちろん……」

「……ごくっ」

「水樹《みずき》凛香だ！」

「……散れ」

「なんで!?」

楽しく喋っていたら突然ぶん殴られたくらいの理不尽さを感じた。

「……でも、良いセンスしてる。私も……水樹凛香大好きだし、尊敬してる」

「だよな!?　そうだよな!?　凛香、すごくいいよな!?」

「「…………」」

「……私が今、引いてるの分かる？」

「間で察した……ごめん」

「……いいよ、好きなものに熱くなるのは、人間として当たり前のこと」

「そっか、理解してくれるか」

「……うん。でも、恋人のように気安く名前を呼んだのは……引いた」

「うっ！」

「……ガチ恋勢は、危険……」

「だ、大丈夫だっ！」

「……目が泳いでる……。ファンから逸脱したら……だめ」

「お、おう……！」

フードで隠された両目から、しかりつけるような視線を感じる。

リスという少女は大人しそうに見えてズバズバ言うタイプのようだ。

俺からすれば新鮮で楽しい相手かもしれない。

「……水樹凛香ファンに悪い人は、いない。認めよう、あなたは良い人」

「斬新な認め方だな。割と危険な判断基準だと思うぞ」

「……ガチ恋は、しないように。ファンとして、応援……」

「わ、分かってますよー」

リスの雰囲気からすごい怪しまれているのが分かる。ジーッと見つめられていた。

でも俺と凛香はすでに付き合っているし、凛香に至っては夫婦のつもりでいる。

ガチ恋どころの話ではない。

「あ、そうだ！　俺の部屋に来る？　凛香のポスターを貼ってあるんだ！」

「……甘いエサでロリを釣って……なにする気？」

「なにもしない！　念のために言うが、俺にロリ趣味はないぞ」

「……ひどい……また私をロリ扱いした……」

「ごめ——そっちからロリって言い出したんじゃん！」

「……早くポスター見せろや」

マイペース過ぎるだろこいつ。

☆

リスを連れて自室にやってくる。俺は壁に貼っている凛香のポスターの前で誇らしげに腕を組み、自信を持って堂々と見せつけた。

「どうだ、これが自慢の凛香ポスターだ……！」

「……これ、私も持ってる」

「持ってたのか。俺めっちゃ恥ずかしいんだけど。全力で自慢しちゃったよ」

「……私、もっと色んなポスター持ってる。ポストカードもあるし、写真集もある。ポスター一枚で、はしゃぐな小僧が……！」

「はは、おいおい。もしリスが男だったらぶん殴ってるところだぞ？」

「……爽やかな笑顔で暴力宣言された……！」

「言っておくが、このポスターは特別なんだ。驚くなよ？　なんと直筆サイン付きだ！」

ネットで調べてみたが、サイン付きの凛香ポスターは世の中に出回っていない。

つまり、この凛香ポスターは唯一無二なのだ!!

「……それはすごい……！」

「だろ？　そうだろ？」

「……でも、私が持ってる凛香グッズには、全てサインされている……」

「え？　うそだろ？」

「……事実。ふ、サイン一つではしゃぎおって……」

「そんなバカな……！　証拠を見せてくれ！」

「……くく、仕方ない」

自慢げに笑ったリスは自分の部屋に帰り、数冊の写真集を抱えて戻ってきた。

「……くく、この圧倒的な戦力差を思い知るといい……！」

「そ、そんな……全部本物のサインだ！　本当にサインしてもらってる……！」

渡された写真集に全て目を通すが、どれも凛香のサインが書かれていた。

最初はリスが自分で書いたかも？　と疑っていたが、今の俺は凛香のサインが本物か偽物かくらい簡単に見分けられる。これらは全て——本物だ！

「リス。すごいな、本当にすごい」

「……まあ、ね……ふひゅひゅひゅっ……」

「独特な笑い方だな」

「……今日から、私が姉でいい？」

「それはまた違う問題だ。年齢は俺が上だし」

「……ちっ、一年早く生まれただけで偉そうにしやがって……！」

「別に偉そうにしてないけどね。むしろリスは年上を敬え」

「…………あ、待って……これ……え、これは——！」

リスがとある一点を凝視し、全身をプルプル震わせて激しく動揺する。

「どうした？」

「……これは——凛香人形。ふぁおおおお……！」

リスは机に置いてある凛香ちゃん人形に飛びつき、両手でガシッと摑《つか》む。あらゆる角度から眺め始めた。なんならパンツを覗《のぞ》き込む勢い。

「……こんな凛香さんグッズ初めて見た……！　ううん、売られていないはず……私が見逃すはずがない……非売品……手作り……。にしてはクオリティが高い……これはプロの犯行、頭部手足お尻のラインにデザインの凝ったパンツ……隅々から縫い方に至るまで未来の持ち主に対する思いやりと愛を感じる。ふぉおおお……！　とくに現実ではありえない凛香さんの満面の笑みが創作としての魅力を恐ろしく引き出して――ぐくっ……これは、私の負け……ふぉおおおおお……！」

「あのーリスさん？」

「……認めよう、今日から……あなたが兄だ」

「こんなことで認められても全く嬉しくない……！」

「……形式上、呼ぶだけ。お兄ちゃんて本当に思ってないから」

ツンデレかよ、と心の中で思う。でも本音であることは間違いない。

「……いくらで、売る？」

「売らないけど？」

「……仕方ない。これは値段をつけられない代物……！　しかし、この人形を目にすることができただけでも、この家に引っ越した価値はある……！」

なんかビックリするくらい饒舌《じょうぜつ》になってるよ、この子。

「……お兄、お礼をしたい」

「お礼？」

「……ん。これほどの物を見せてもらったからには……お礼をしないと気が済まない」

確固たる意志を持ってリスが言ってくる。俺としてはさり気に『お兄』と呼んでもらえたことで内心感動しているのだが……お礼か。

「じゃあ他にも凛香《りんか》のグッズを見せてくれないか？　俺、このポスターと人形しか持ってなくてさ」

「……ファンにはしては少ない……いや、うん、分かった。私の部屋に……来て」

リスが率先して俺の部屋から出ていき、廊下に出て自分の部屋の前で待機する。

まさか自室にご招待されるとは思っていなかったので素直に驚いた。

言うまでもなくリスは警戒心が強い。自室に招くとなると、よほど心を許してないと無理だろう。…………凛香人形のおかげか。すごいな、凛香。

なんかもう魔法というか呪術的な何かの力が宿っていそうだ。

「……お兄、何をしてる……？」

「ああ、今行くよ」

怪訝《けげん》そうに呼ばれたので早速向かう。

リスの部屋は――何と表現すればいいのか分からなかった。

絨毯《じゆうたん》は……なんか巨大な魔法陣が描かれている。壁の至る所には凛香ポスターやスター☆まいんずのポスターが貼られているのだが、天井からは骸骨の頭がいくつもぶら下げられていた……。物置棚には水晶玉や爬虫《はちゆう》類《るい》の手を思わせる大きなオブジェ、何にたとえたらいいか分からない禍々《まがまが》しい物体が床に散乱し、机には何本もの蠟燭《ろうそく》が立てられている。

全体的にオカルトな雰囲気を漂わせているぞ。

言い方は適切ではないかもしれないが、中二病っぽさがある。

ここまでくると、水樹凛香を崇拝している邪教信者にしか見えなかった。

「……お兄？　どしたの？」

「いや、なんでもない」

「……私は、中二病ではない」

「俺の考えを察したか」

「……中二病は、卒業した。この部屋は……その名残」

「そ、そうか」

リスがこの家に引っ越してきたのは一週間前。その一週間の間に、この部屋を作り上げたとなると……中二病を卒業したのか怪しいな。まあ部屋の趣味は人それぞれだ。

中二病でなくてもオカルトチックな雰囲気が好きな人だっている………と思う。

「ん、これは」

隅の棚に配置された虫かごに気がつく。中にはクワガタが一匹いた。

「……ちょきちょき三号」

「え？」

「……その子の名前、ちょきちょき三号。小学四年生からの相棒」

「すごい長生きだな。三号ってことは、三代目ってこと？」

「……一代目。三号の方が、語感がいい……」

「そ、そうか。リスって少し変わってるよな。ある意味天才だと思う」

「……私、天才？　ふえっへへ」

俺の皮肉を理解せず、無邪気に変わった笑みを漏らすリス。

これまでの言動といいネーミングセンスといい、普通に比べて少しズレている。

…………あ、ちょきちょき三号がひっくり返った。

「昆虫が好きなんだな」

「……別に、普通」

「それなのに飼ってるのか」

「…………寂しいから……」

「寂しい？」

「……ん。身近に、動く命がいてほしかった……」

不意打ちのように切実な声を出され、少し戸惑った。うつむいたリスは言葉を紡ぐ。

「……ママ、ずっと家にいない。だから、私以外の命を感じたかった」

「リス……」

「……ママに甘えたい。私が何を頑張っても褒めてくれない。そもそも、家にいない」

間違いなく本音を明かしている。なのに俺は何も言えなかった。

これまでのリスはふてぶてしさがあったが、今は孤独な少女にしか見えない。

寂しそうにうつむく今の姿が本当の姿なのだろうか。

「……なんでもいいから褒めてほしい」

「リス──」

「……私の存在を、認めてほしい……」

「────っ！」

その言葉は俺の胸にも突き刺さった。今のリスに、どう声をかけたらいいのか。

俺は、俺は────。

「なあリス」

「……なに？　下手な励ましは────」

「俺とネトゲをしよう」

「…………え？」

予想外と言わんばかりのリアクションでリスは顔を上げた。

俺も自分で何を言い出すんだと心の中でつっこむ。なぜか言ってしまった。

けど止《や》めるつもりもなく、さらに言葉を重ねていく。

「さっき俺が言った黒い平原を一緒にしよう。楽しいぞ」

「……一時間くらいで、やめちゃった」

「面白くなかった？」

「……他にやることがあって、できなくて……そのまま放置してる」

「じゃあやろう、今から」

「……いきなりすぎ」

「いいじゃないか。やりたいことをやりたい時にやる、それだけだよ」

「……思ったより強引な男の子？」

「少し前までは、超がつくくらいの消極的な男だったかなぁ……」

自分でも変わったと思う。その変化の理由は言うまでもない。

「……いいよ、やる」

「よしっ。絶対に面白いから期待してくれ」

「……目、キラキラしてる。ネトゲ好き過ぎ……」

若干呆《あき》れた感じを見せるリスだが、それでも数分後にはハイテンションガールになっていること間違いなしだ。なぜなら、あの凜香ですらハマっているのだから。

☆

リスはノートパソコンを持っているらしく、俺の部屋で一緒にすることになった。

パソコンの席に着き、振り返って思わずため息をつきそうになる。

リスは当たり前のように俺のベッドに寝そべってノートパソコンを起動させていた。

ついでにちょきちょき三号がいる虫かごまで持ち込み脇に置いている。

「別にいいんだけどさ……。よく男のベッドに平然と寝転がれるよな」

「……他人のベッドなら……汚い服でも気楽に寝転がれる」

「最低じゃん」

図太いのではなく自己中なだけだった。

「……アップデートで、ゲームの起動に時間がかかりそう……」

「仕方ないな」

「……早くしろこのポンコツパソコンが……！」

「物に当たるのはやめなさい……。そのノーパソ、高そうだな。キーボードがカラフルに光ってるし。デザインも凝ってる」

見るからにゲーミングノートパソコンだ。割と高そうに見える。

「……いくらだと思う？」

「うーん。10万くらい？」

「……安い発想……くく、30万」

「たっか！　どこがポンコツだよ！」

高校生が買える代物ではない。リスもお金だけ渡されている俺パターンか。

それにしても随分と高い。よほどお金を持っているんだな。

「……私は、もらうだけの女ではない。自分で稼いでいる」

「あー配信者だっけ？　チャンネル名教えてよ」

「……いや」

「いいじゃん。アップデート待ってる間にリスの動画を観《み》たいんだ」

「……絶対にいや」

リスは画面から目を離さずに言った。本気で教えたくないようだ。

少し気まずく感じたので話題を戻すことにする。

「それだけ高いノートパソコンを買ったんだ、本気でネトゲをするつもりだったんじゃないか？」

「……ＦＰＳをしてた」

「ＦＰＳか。環境によっては口が悪くなりそうだなぁ」

「……うん。性格に悪影響及ぼしそうだから、やめた」

「そっか。まあ手遅れっぽいけど」

「……やめたのではなく、正確にはアカウントＢＡＮされた」

「最初から性格が悪かっただろお前」

「……だって寂しかったんだもん……」

「なんで甘え口調……もうドン引きなんだけど」

時間潰しで適当な雑談をしているつもりが、リスの恐ろしい事実が発覚していく。

これ以上の話の掘り下げはまずいと思い、むりやり話題を変えることにした。

「リスって、いつもその毛布を着てるよな。今、夏だろ？　暑くないのか？」

「……さむい……私、寒がり」

「ちょっと異常な寒がりだな」

「……家族がいなくて、心がさむい。だから、せめて体を温めてる」

涙が出そうな理由だった。どんな話題を振っても地雷を踏まされる。

☆

リスのアップデートが終わり、俺たちは【黒い平原】にログインして待ち合わせをすることにした。どうやらリスはチュートリアルが終わる前にやめていたらしく、操作方法から思い出す必要があった。俺は最初の村で待機することにする。

「……お兄、終わった。今行く」

「分かった。村の中央広場にいるよ。名前はカズ」

「……和斗《かずと》だからカズ……安直すぎ」

「はは、それフレンドからも言われた」

そのフレンド（凛香《りんか》）も安直な付け方をしていたけどな。

「……安直すぎて発想力が心配になるレベル。よく今まで生きてこれた。もっと本を読んで語彙《ごい》力をつけるなり普段から色んな言葉を学ぶよう意識した方がいい」

「言い過ぎだろやめてくれ。そこまで言うリスはどんな名前なんだ？」

「……くく、見せてやろう、私の素晴らしいセンスを……！」

「え、まさかこのキャラがリス――――！」

カズの目の前に、一人の黒い少女が現れた。

見たところ職業はアサシン。上から下まで真っ黒の服装、フードで顔が隠されている。

まさに映画で見るような暗殺者の格好。表示された名前は――【黒月ルセゼ】。

……………なんだろうなぁ。中二病が微妙に抜けていない名前だった。

いやアサシンが中二病というわけではなく、アバター名とリアルの部屋がアレで、ちょっと中二病のイメージを抱いてしまった。

「……これは中二病の名残……。今の私が考えたわけではない」

「それにしては自信を持って見せたよな」

「…………忘れた」

都合の良い記憶力だ。

「……ちなみに黒月ルセゼは、帝国の侵略で故郷を滅ぼされた過去を持ち、復讐《ふくしゅう》を誓って暗殺組織に入ったもののどこか非情になりきれない女。時折見せる甘さのせいでピンチになるけど暗殺者としての才能で活躍する」

「すごいな、めっちゃキャラ設定作りこんでるじゃないか」

「……すごい？　ふえへへへ……」

褒められたら何でもいいのかこの子は。でもなんか可愛《かわい》い女の子かもしれない。

「リス、何かしたいことある？　普通はクエストをクリアしていって、レベル上げとアイテム集めを同時にするんだけど……」

「……ちまちましたことは嫌い」

「お、おう。でも最初はクエストをするのが常識だし効率がいいんだよ」

「……私は常識に縛られない女。そして、一般大衆が考える効率の良いやり方には穴があることが多い……！」

「あーそう。じゃあどうしたいんだ」

「……最速でレベルアップしたい」

「じゃあクエストだな。俺も手伝うから最初はクエストを頑張ろう」

「……キリキリ働けよ、下っ端」

「誰が下っ端だ」

リスにクエストを受けさせた後、俺は村の外へ行くためにカズを動かす。

しかし黒月ルセゼはついてこなかった。疑問に思って後方に視線を向ける。

なぜか中二病っぽい暗殺者は片っ端からNPCに話しかけていた……。

「なにしてんの、リス」

「……この人たちから、世界の謎を紐解《ひもと》くヒントが得られるかもしれない。情報収集」

「ちょっと意味分からないけど、初心者って片っ端からNPCに話しかけるよな」

俺もプレイ歴が長いから色んな初心者を知っている。

全員とは言わないが、初心者の共通点としてNPCに話しかけたがるというのがあった。

好きにさせてあげたい気持ちはあるが、これでは【黒い平原】の楽しさを味わう前に時間が過ぎてしまう。

「黒月ルセゼは暗殺者なんだろ？　目立ったらダメなんじゃないか？」

「――はっ！　影に生きる者として表に立ってはいけない……」

この子面白いな。ノリノリだ。ゲームに入り込んでいる。

「……情報収集はよろしく、手下」

「誰が手下だ」

その後、とりあえずクエストに付き合う。

黒月ルセゼのレベル上げは順調で、モンスターとの戦闘においても問題はなかった。

リスは器用な人間らしい。初めは操作方法が分からずおたおたしている様子だったが、一時間もすればコツを掴《つか》んだ。【黒い平原】はアクション面にも力が入っており、コンボとかもあったりする。初心者がそこまで考えて戦闘するのは難しいが、リスは普通にやっていた。少なくとも奈々《なな》より上手《うま》い。そして初心者だった頃の凛香よりも上手い気がする。

「リスって器用な女の子だよな。もうスキルを使いこなしているし、コンボも意識できてる。本当にすごいな」

「……私、すごい？　ふぅへへへへ」

「ほんとすごい笑い方だな……」

笑い方は変でも褒められて嬉《うれ》しく思ってるのは事実なんだろうな。

「…………おかしい」

「なにが？」

「……なぜクエストクリアで経験値がもらえてレベルアップする？　そもそも経験値とはなに？　レベルアップとは？　この世界は経験値という概念に支配されているのでは？　これこそが大いなる謎。あと異世界なのにゲームみたいなステータスがある小説多すぎ」

「メタ的なツッコみはやめておこうなー」

という変な会話を挟んで調子を崩すこともあったけど……。

「……かず——お兄。おい、お兄。助けろ」

「なんだよ偉そうに。なにかあったのか？」

「……急に黒月ルセゼが反抗期に入った……全く動かない」

振り返ってリスを見ると、ダンダン！　と必死にキーボードを押していた。

「落ち着けって。俺が見るよ」

「……パソコン壊れちゃった？　私の30万……ぐすっ」

「大丈夫、俺の予想が正しければ多分……」

さすがに30万の物が壊れたとあれば悲しいらしい。涙目になっていた。

椅子から立ち上がり、リスのノートパソコンを覗《のぞ》きに行く。

予想通りチャット欄が開かれており、でたらめな文字が打ち込まれていた。

「ほら、チャット欄を開いちゃってるんだ。そこに文字が打たれてるだろ？」

「……あっ。ほんとだ」

「たまにあるミスだよなぁ。何かの拍子でエンターを押しちゃってさ」

「……故障じゃなくて良かった。ありがと、お兄」

「いいよ、これくらい」

「……お礼に千円もらってあげよう」

「ありが――って取られてるじゃん。ふざけんなっ」

☆

ひたすら二人でクエストを達成していく。その中にハウジングについてのクエストがあった。ハウジングとは簡単に言えば家を作るシステムのこと。

【黒い平原】では色んな家が用意されているし、あらゆる家具を購入することができる。

自分だけの家を持てる上に、ギルドメンバーで利用するための豪邸だって持てる。

「……お兄。私も家が欲しい」

「まだそんなにお金ないだろ？　無理だなぁ」

「……ネトゲ廃人のバ――お兄なら豪邸くらい買えるはず。買って」

「ねえ今バカって言いかけた？　言いかけたよね？」

「……気のせい。それより豪邸は？」

「んーまあ買えるけど、買えるけどなぁ」

伊達《だて》に何年もやっていない。それに課金も一般人なら引くレベルでしている。

ようはそれくらいやりこんでいる俺は問題なく豪邸を買うことができる。

「……お兄はギルド未所属？」

「うん」

「……なら私のギルドを作る。そして活動拠点となる豪邸が欲しい。だから買って」

「めちゃくちゃ自分本位じゃねえか。いや、いいんだけどなぁ」

ギルドを作って豪邸を買う。そのことに問題はないが……凛香がなぁ。

なんとなく気にしてしまう。実はリンとカズの家は存在する。お金を半分ずつ出し合い、リンが購入した。そしてギルドの方はお互いに未所属。これに関してとくに理由はない。

凛香とそういう話にならなかっただけだ。必要性がなかったのだろう。

「……お兄、可愛い妹からのお願い」

「こういう時に限って妹を強調するんだなリスは……。兄は悲しいよ」

「……豪邸を買ってくれたら、妹である私の好感度がグングン上がる」

「現金すぎるだろ……！　まあ買うけどさ」

「……わーい」

多分今の俺は世界で一番単純な男だった。

妹のわがままを聞いてあげるのも兄の務めなんだろう……知らないけど。

「……レベルが足りなくて、まだギルド作成できないって、表示が出た」

「そういえばレベル制限があったな。もう少しクエストやる？」

「……ううん、今すぐギルドを作りたい。お兄が作って。ギルドマスターは譲る」

「分かった」

ギルドに入ることは今まで何度もあったが自分で作るのは初めてだな。

「……ギルドの名前は私が決めていい？」

「いいよ」

「……カラスの止まり木。どう？」

「いいと思う。リスはセンスがあるな」

「……私、センスある？　ふぉへへへへ」

笑い方よ……。あと、ほんと絶妙に中二病が抜けきってないネーミングセンスだった。

とくにカラスが効いている。

こうしてギルドを作成し、住宅街に移動して豪邸を購入する。

外観は中世らしさを感じさせる真っ白な二階建ての豪邸。色鮮やかな水を噴出する噴水もあるし、庭付きで作物を育てることも可能だ。黒月ルセゼとカズは豪邸内に踏み込み、時間をかけて部屋を順に見て回る。

「……何もない。どこの部屋も空っぽ」

「家具を買わないとな」

「……ありがと」

「俺が買う前提なのか……いいけどさ」

「……お兄、優しい。色んな人を受け入れて、苦労するタイプ」

「くそ、否定できないっ」

「……芸能界だったら、真っ先に食い物にされて、借金まみれの人生になるタイプ」

「なんかリアリティがあるんだけど……？」

まるで芸能界で生きていてそれなりの知識と経験がありそうな言い方だった。

配信者だと一般人よりもそういう情報を耳にしやすいのだろうか。

…………どのような配信をしているのか知らないが。

「どんな家具を買うか考えといて。俺はトイレに行ってくるよ」

「……私も行きたい」

「じゃあ先に行く？」

「……行くのメンドーだから、私の分も代わりにしといて」

「分かった、任せろ」

リスが家具一覧を見ている間に、俺は部屋から出てトイレに向かう。

廊下を歩きながら、違和感を覚えて足を止めた。

「さっきの会話、おかしいだろ……！」

おかしいことにすぐ気づかなかった俺も深刻なレベルでポンコツかもしれない。

☆

トイレを済ませた俺は自室に戻りながらニヤリと笑みを漏らす。

「ふふ、リスの奴《やつ》め、どんどん夢中になってるぞ」

これまでのやり取りで確かな手ごたえを感じていた。

【黒い平原】は様々な要素がある。つまり、あらゆる遊び方でハマれるということ。

リスは本気でキャラを作りこむし戦闘も上手い。

無駄に世界観の深読みをすることもあるが、それだけゲームに没頭しているとも言える。

「いいぞ、これは良い調子だ。黒い平原仲間が、また一人増えた……！」

嬉しくてニヤニヤが止まらない。だめだ、こんな顔を見られたらリスに引かれるぞ。

手の平で顔をゴシゴシしてからドアを開けて自室に入った。

「……お兄。変な女が私たちの拠点に侵入した」

「変な女？　ああ、他のプレイヤーが来たんだな。たまにあるよ、そういうこと」

デフォルトの設定では誰でも入れるようになっているので、見知らぬプレイヤーが入ってきても別におかしくない。あとでギルドメンバーだけ入れる設定に変更しておこう。

俺はパソコンの席に着き、画面に目をやる――えっ!?

ベッドで寝転がっているカズのそばに……ッ！

「……この変な女……『リン』ってヤツ、気味が悪い」

弓を背負った金髪エルフのリン――凛香《りんか》がいた！

「あ、あぁ……どうしよ、すごくヤバい気がする」

サッと血の気が引いた。この状況、凛香なら絶対に勘違いするぞ。

「……さっきから、浮気とか、夫婦とか……女を連れ込む家を建てたとか……変なこと言ってる。この女、怖い。通報、する？」

「俺の結婚相手なんだ。通報はやめてくれ」

リアルの彼女でもあるが、そのことを言うとややこしくなりそうなので黙っておく。

正体は人気アイドルの水樹《みずき》凛香だしな。俺の判断でバラすわけにはいかない。

チャット欄を見ると、リンから個人チャットで――。

『カズ！　どういうこと!?　知らない女がいるんだけど!!』『黒月ルセゼって誰!?』

『早く返事して！　今すぐ！』『本当に浮気してたんだ！　わざわざ豪邸まで建てて！』

『ギルドまで作ってる！　黒月ルセゼとはいつから関係を持ってたの!?』『ある程度の浮気は見逃すとは言ったよ!?　でもちゃんと説明して!!』『カズカズカズカズカズカズカズカズカズカズカズ』『電話していい？』『今から和斗《かずと》の家に行く準備をします』

……………ヤバい。怒濤《どとう》の勢いでチャットが流れていた。

正直な気持ちとしては今すぐログアウトしたい。

俺は恐怖でカタカタと小刻みに震える両手でキーボードに触れ、個人チャットで返す。

『リン。これは違うんだ』

『あ、やっと返事した！　どういうこと!?』

画面内のリンがぷんすかと可愛《かわい》らしく怒る。仕草だけ見れば可愛いけどなぁ。

『黒月ルセゼは家族だよ』

『家族は私だよ！』

自称だろ凛香は。

『そうじゃない、黒月ルセゼは前に話した妹なんだ』

『え、妹と浮気したの!?　カズのバカ!!』

『違う!!　俺の話を聞いてくれ!!』

「……お兄、大変そう……ぷぷ」

「何笑ってんだリス、ガチの修羅場なんだぞ」

俺の後ろから画面をのぞき込んでいるリスに、ジト目を向けて言い返した。

「……ネトゲなのに、本気で夫婦のつもりでいる……危ない人」

「別に危ない人ではないけど……」

「……家族は、ネトゲでなれるほど安い関係じゃない」

「――――っ」

咄嗟《とっさ》に言い返そうとし、思いとどまって口を閉ざす。

それは彼女なりの考え方であり、その考え方になるほどの経験をしているのだから。

もし凛香（リン）と出会えなければ俺も――――。

「……私のこと、インターネットの人に話さないで」

「あ、ごめん」

冷たく、感情を一切感じさせない淡々とした言い方だ。

しばしの無言が流れるも、リンを見つめていたリスが口を開く。

「……お兄、ここは私に任せて」

「何をする気だ。猛烈に不安なんだが」

「……私は、口で幾多の戦場を生き残ってきた女……リンとやらを落ち着かせることは造作のないこと」

どうしようもない不安に駆られるが、ひとまず様子を見ることにした。

　再びベッドに寝そべりノートパソコンに手を伸ばしたリスは、ちょんちょんと人差し指で文字を打ち始めた。黒月ルセゼから、一般チャットでリンに対して一言が放たれる。

『過去の女は消えろ』

「ちょ、うぉおおい!!　リスさん!?」

「……人間の心を潰す一番の方法は、事実を言うこと」

「誰が心を潰せと言ったよ!!　しかも事実じゃないし!!」

「……これは、『やだ私ってブサイク～』と言いながら自撮り写真をＳＮＳに投稿する女に、『うわっ本当にブサイク』と言ってやることと同じ。……ちなみに即ブロックされるもよう」

「全然違うし何の話だよ。それ実体験か？」

「……ブサイクじゃないよ超可愛いよ、そう言われたい欲求が見え透いてムカつく」

「とりあえずリスの性格がひねくれているのは分かったよ……。てか、リンが黙っちゃったんだけど。さっきまで毎秒チャット送ってたのに、無言になったんだけど」

「……くく、また私は勝ってしまった。それも一言で」

　もう本当に最低だ……。

『ｋｓずえｌｊふぁにのｆさおいふぁのｄふぁ』

　リンから一般チャットで意味不明な文章が送られてきた。

激しく動揺しているのが伝わってくる。するとリスが追い打ちをかけるように――。

『動揺が文章に表れ過ぎ。深呼吸しろよｗ』

「煽《あお》るなよ！」

「……アドバイスしただけ……」

「ほんとか!? 本当にアドバイスか!? なら最後の草はなんだよ！」

ここまでくると実際に話をした方がいい。俺はスマホを手にして部屋から出ると、すぐに凛香に電話を掛けた。五秒ほどで繋《つな》がる。凛香は一言も発さず、無言だった。

「凛香？　大丈夫？」

「ぐすっ……和斗……。私は、過去の女になってしまったのね……ぐすっ」

「違う違う！　あれは黒月ルセゼが勝手に言っただけだ！」

「たった数日間離れていただけで夫婦の絆《きずな》に亀裂が走るなんて………………いえ、亀裂どころではないわね。もう地割れよ、天変地異が起きたようなもの……ぐすっ」

「泣かないでくれ凛香！　俺が好きなのは……り、凛香だけだから……！」

「……今の、もう一度言ってくれる？」

「お、俺が好きなのは……凛香、だけだ」

急に恥ずかしくなったが、何とか言い切る。

「和斗、もう一度言って」

「俺が好きなのは……凛香だけだ」

「もう一度」

「凛香だけだ……俺が好きなのは、凛香だけ」

「ごめんなさい、もう一度言ってくれるかしら。今度は録音するから」

「おい」

　思ったより余裕じゃないか……！

　何か言ってやりたい気持ちはあったが、これまでのことを丁寧に説明した。

「つまり妹のリスちゃんと仲良くなるために、わがままを聞いて、ギルドを作ったり豪邸を建てたのね」

「そ、そう！　そうなんだよ！　すぐに分かってくれて助かる」

「当然でしょ？　私はクール系アイドルの水樹凛香、いついかなる状況でも冷静に思考を働かせ、正しき事実を導き出す女よ」

　……さっきまでめちゃくちゃ動揺してたじゃん。冷静の一欠片《ひとかけら》もなかったんだけど？

「納得してもらえたかな？」

「過去の女呼ばわりされたこと以外は、ね」

「あの子、ちょっと口が悪い時あって……。でも悪意はないから安心してほしい」

「悪意以外を目的に、過去の女と口にすることがあるのかしら……？」

電話越しで首を傾《かし》げる凛香の姿が思い浮かんだが、ゴリ押しで話を進めることにする。

「あの子も俺と同じような境遇というか、誰にも甘えることができず、ずっと一人で過ごしてきたんだ。きっとそれで口が悪くなったのかも」

「そういうことだったのね……。安心して、和斗」

「凛香？」

「和斗の妹であるリスちゃんは、私の家族でもあるの。これから私は良き姉として、最上級の愛を持ってリスちゃんに接するわ」

「あ、あー、うん、ありがと」

果たしてあの子は凛香の言動を受け入れることができるのだろうか。

これまでのやり取りで分かるが、リスは家族に対して並々ならぬ思いがあるように思う。

「そういえば、どうやって黒い平原にログインしているんだ？」

「ノートパソコンよ。買ったの。これで家にいなくても和斗とネトゲができるわ——あ、ごめんなさい。もう落ちるわね」

「急用？」

「ええ、そんなところ。それじゃ……」

通話が切れた。本当に忙しいんだろう。

自室に戻りパソコンを確認すると、リンの方もログアウト状態になっていた。

「……お兄、あのリンって女は、かなり危険。危険度ＳＳ。あまり関わらない方がいい」

「はは……」

真剣に忠告してくるリスに、俺は苦笑するしかない。

リンの正体は、君が憧れている水樹凛香なんだよなぁ。

☆

「……見てお兄。カーテンの隙間から見えるお空が、明るくなってる」

「うわ本当だ。一睡もせず、朝を迎えちゃったなぁ」

「……目が、しょぼしょぼする……頭が、くらくらする」

俺のベッドに寝そべるリスが、手で目を擦《こす》る。久々に夜通しでネトゲをしてしまった。

「さすがにもうやめようか」

「……うん。…………どうしよ、お昼からお仕事ある……」

「ちょっとだけでも寝た方がいいな」

「……お腹《なかす》空いた」

「一階に行って何か食べるか」

俺たちはフラフラと力なく立ち上がり、部屋から出る。

一人で歩くのも困難で、お互いに支え合いながら階段を下りて一階に辿《たど》り着いた。

「……お兄、ちょっと休憩」

「そうだな……」

俺も久々の徹夜で疲れ切っていた。

こうなるのが分かっていてもやめられないのがネトゲ。

後悔すると分かっているのにやめられないのがネトゲ。

それでも反省しないのがネトゲ廃人である。

俺とリスはソファにドカッと座る。もはや座り続ける力もないのか、リスが俺に寄りかかってきた。肩にコテンと力なく頭を預けてくる。

「……ネトゲ、やば……」

「面白かっただろ？」

「……うん。でも、一人だったら、途中でやめてる」

「そっか……」

「…………すぅ」

「リス？」

「……すぅ……すぅ……」

フードで顔を見ることはできないが、心地よさそうな寝息が聞こえてきた。

俺も寝ようか。……いや、リスは昼から仕事があると言っていた。

配信者としての仕事かは分からないが、寝る前にタイマーを仕掛けておこう……。

肩に感じるリスの頭の重み。ネトゲを通じ、確かに俺たちの絆が深まったのを感じた。

☆

翌日。リスは意外と忙しいらしく、一昨日《おととい》から続いて今日も早朝から出かけていた。

友達と遊んでいるのか、配信者としての仕事で出かけているのか……。

その辺を聞いても「……内緒」の一言で教えてくれなかった。

まだ本当の意味で信頼されていないのかもしれない。

それでも夜になると――。

「……お兄。ネトゲ……しよ？」

と、ノートパソコンと虫かごを抱えて俺の部屋にやってきていた。

夏休みという高校生にとって花の青春を送れる時期に、こうしてネトゲ三昧の日々を送るのはどうかと思うが……それはそれだ。これが俺らしい人生だろう。

「……お兄。なにする？」

「まずは採掘しよっか」

「……ちっ、この採掘狂いめ」

「え、何か言った？」

「……急に難聴主人公になった……」

なぜか引かれているが……まあ俺なりに楽しく充実した日々を送れている。

きっとリスもこの生活を楽しんでくれているだろう。

無理して仲良くなるつもりはない。けれどネトゲを通じてだが、自然に心の距離を詰めているのが分かった。このまま楽しく平和な日々を過ごせる。

そう思っていたことがフラグになったのだろうか。

――突然、不幸な出来事が起きた。


爽やかな朝を迎える。俺が昨晩のことを思い出しながら（黒月ルセゼがダンジョンボスに何度も殺され、リスがムキになって何度も挑んでいたのが妙に可愛《かわい》かった）部屋着に着替えていると、ドンドン!!　と激しくドアがノックされた。

「お兄！　お兄！　うわぁあああん!!」

ただ事ではない泣き叫ぶ声。初めて聞くリスの大きな声に焦りを隠せず、急いで部屋のドアを開けに行く。開けた瞬間、真っ先に見たのはぐじゃぐじゃに泣き崩れたリスの顔だった。赤くなった両目からは今も涙が溢《あふ》れ出しており、濡《ぬ》れた頬がこれまでずっと泣いていたことを教えてくれる。今回はフードを被《かぶ》っていない。

初めて見る素顔だが、そのことに感想を抱く暇は一切なかった。

「ちょ、ちょきちょき、ちょきちょき三号があああああ!!」

「あのクワガタか！　一体何が……！」

「ひ、ひっくり返ったまま……動かない……うわあああん!!」

冷静さを失っているリスは、すがるように俺の服を摑《つか》み、わんわんと泣き喚《わめ》く。

こんなにも泣き叫ぶ女の子を見たのは初めてで、どうしたらいいのか分からない。

「お、お兄！　お兄！　わあああん!!」

「と、とにかく確認しよう！」

俺の服を摑むリスを連れ、急いで虫かごを確認しに行く。

確かにクワガタ――ちょきちょき三号は、ひっくり返ったまま動いていなかった。

「いつから？」

「……ぐすっ……わ、私が起きたら……ひっくり返ってた」

「朝、いや深夜の間に……？」

「……あっ、前から……たまにひっくり返って、起き上がれない時があった……っ」

俺も何度かひっくり返る姿を見たことがある。ひょっとしたら死期が近づいて弱ってい
たのでは？　咄嗟《とっさ》に浮かんだ考えを口に出さず、ちょきちょき三号をジッと見つめる。死

んだふりの可能性もありそうだ。リスに断りを入れ、俺は虫かごの蓋を開けてちょきちょき三号に指先を近づける。軽く触れてみたが、やはり反応なし。

「……ちょきちょき三号……っ……だいじょうぶ？」

ボロボロと涙をこぼすリスが、かすれた声で尋ねてきた。

これはどう見ても死んでいる。……そう、口に出せなかった。

ひねくれた性格のリスが、これほど泣き叫び、俺の口から『大丈夫』という言葉が出てくるのを祈っている姿を見ると……どうしても現実を突き付けることはできなかった。

「………ネットで調べてみるよ」

「……うん……ひぐっ」

俺の知らない現象が起きているだけで、まだ生きているかもしれない。

俺も祈りながらスマホで検索する。何とかなってほしい。

一人で寂しく過ごしてきたリスにとって、ちょきちょき三号はかけがえのない存在だろう。ただ現実は無情だった。調べてみると、そもそも寿命に問題があることが分かった。

リスが小学四年生の頃から飼っているということは、六年～七年ほど生きていることになる。これは種類にもよるが、ざっと一年～三年がクワガタの寿命らしい。

長生きする種類を上手《うま》く育てれば五年以上生きる……とのこと。

また、クワガタは冬眠するらしいが……残念なことに今は夏。

冬眠で動かなくなった可能性は低い。

他にもクワガタの生存を確認する方法がいくつか掲載されており、それぞれ試してみるが………より死んでいる確率を上げるだけだった。

「……お兄……？　ちょきちょき三号、生きてる？」

「………………」

「う、ぅぅ……ぅぅ……っ！」

聞きながら分かっていたはず。分かっていながらも理解することを拒んでいた。

リスは虫かごを掴み、その涙に濡れた目でちょきちょき三号を見つめる。

もう泣き叫ぶことなく、ひたすら静かに涙を流していた。

☆

家の庭に、ちょきちょき三号のお墓を作った。日当たりもよく悪くない環境だろう。

俺の隣にボーっと立っているリスは、ジッとお墓を見下ろしていた。フードを被り直しているので、どのような表情をしているのか分からない。しかし心境は想像できる。

ちょきちょき三号はリスにとって心の支えになっていた。俺がネトゲで心の穴を埋めていたように……。というより、家族の一員、それくらいの想《おも》いがあったはずだ。

ずっとそばにいた存在をたった今、失ったのだ。

お墓を眺める俺たちは、何も言うことなく時間が過ぎるのを待ち続ける。

太陽の熱が髪にこもり始めた頃、リスがポツリと言った。

「……ちょきちょき三号……しんじゃった」

「リス──」

「……私、また一人になっちゃった……」

淡々と呟《つぶや》かれた言葉は、強く胸を締め付ける。

「……別に、虫好きじゃないし。所詮、虫だし……。所詮、クワガタだし……。この地球には、うじゃうじゃ虫がいるし………」

分かりやすい強がりだ。リスの手はギュッと固く握られているし、何よりも声が震えている。今の彼女を見れば誰でも分かるだろう。懸命に泣くのを我慢している、と。

「……む、虫くらい……また買えばいいし……だから、これくらい……悲しく、ないっ」

…………。

多分、今からの俺は俺らしくない。少なくとも凛香《りんか》に会う前の俺ではない。

「なあリス」

「……ぅぅ……ひぐっ………なに？」

「俺たちは家族だから、別に我慢しなくていいぞ。泣きたいなら思いっきり泣けばいい」

「……そういうの、さむい。家族という名の、他人。偶然、同じ家に住んでるだけ。形としての……兄妹《きょうだい》……！」

確かな怒りを言葉に滲《にじ》ませ、こちらを見ることなく言い続ける。

「……お兄と呼ばれ続けて、勘違いした？　全然、違う……。メンドーだから、お兄って呼んでるだけ……。本気で、お兄ちゃんと思ってないから」

「…………」

「……私たちは、本当の家族じゃない」

「そうだ、その通りだ。血も繋《つな》がっていない」

「……うん」

「だからなんだ？」

「え」

想定外の返しだったのか、一瞬リスが戸惑う。

「以前も言ったけど、俺は無理して仲良くなるつもりはない。それは遠ざけるという意味じゃない。自然にリスに接するということ」

「……自然に？」

「つまり、その、俺が……俺自身の気持ちでリスの支えになりたいと思ってるし、これからの日常を共に楽しみたいと思ってる……できれば本当の兄妹のように」

「同じ境遇っていうのもあるけど、俺はリスの味方だ」

「……」

「……味方……」

噛《か》みしめるように呟かれたリスの言葉に、俺は頷《うなず》いてみせる。

「家族だから優しくするってわけじゃない。リスだから、そう思ってるんだ」

「……」

「そして、これからも俺はリスの味方であり続けると断言できる」

「……私に、罵倒されても？」

「それはリスなりの一種のコミュニケーションだろ。それも含めて受け入れるよ」

「……つまり、罵倒を喜ぶど変態だと……」

「そんなこと言ったか、俺？　めっちゃ真剣に喋《しゃべ》ってたよね？」

「……冗談」

ふふ、と小さく自然に、優しくリスは笑った。なんだ冗談か……。

さっきまでの深刻な雰囲気はどこかへ霧散し、隙のある話しやすい雰囲気になっていた。

だからこそ言いたい言葉がある。

「身近に動く命がいてほしい、リスはそう言っただろ？　これからは俺がいる」

「――――っ」

「家族は一緒にいるのが当たり前で……もうリスの家には、俺という家族がいるから。俺のいる場所が、リスの帰る場所になるから」

言いたいことを最後まで言う。喋りながら凛香を思い出していた。

あの時の凛香の気持ちが、今なら理解できる。純粋な気持ちだ。

寂しくて泣いている人がいれば何かをしてあげたくなる。

それが人間としての自然な心理なのだろう。そして人と繋がりたいと願うのも……。

リスが腕をくっつけるように寄り添ってくる。

「…………ネトゲ廃人の、ダメダメお兄ちゃんのくせに」

否定できないことを言われてしまった。

だとしても、そばにいるくらいなら俺にもできる。

「…………」

今は何も話す必要がないと、そう感じた。

お互いに口を閉ざす時間が続いていく。遠くから車の走行音と子供たちのはしゃぐ声が一体となって聞こえてきた。暑くてじんわりと首辺りから汗をかく。

それでも意識は隣の少女に向いていた。

「……」

何も言うことなく、俺たちはお墓を眺め続けるのだった。

☆

ちょきちょき三号が死んだ翌日。早朝からリスは忙しそうに出かけてしまった。

俺は【黒い平原】を起動して楽しむことにする。何の変哲もない一日を過ごし、深夜になってしまった。リスは20時頃に帰ってきたが、俺に話しかけることなく部屋にこもっていた。凛香ファンという共通点、ネトゲを一緒にする、ちょきちょき三号の一件、それらを通じて俺たちの絆《きずな》は深まっているかと思いきやそうでもないらしい。

少し悲しく思いながら【黒い平原】からログアウトし、そろそろ寝ようかとベッドに潜り込む。部屋の電気を消そうとしたタイミングでドアをノックされた。

出ると、そこにいたのは当然リス。いつものようにフードで顔が隠れていた。

「……おに……おにっ……」

「ん？　なに？」

リスは金魚のように口をパクパクさせている。懸命に何かを言おうとしていた。

「……お、おに、おにい……おにいちゃ……おに……っ！」

「え、なに？　どうしたの？」

「……こ、この………鬼めっ！」

「なんで!?　俺、何かした!?」

　こちらが動揺していると、仕切り直すようにリスはコホンと咳払《せきばら》いした。

「……おい、お兄」

「なんてふてぶてしい呼び方だ……。なに？」

「……しっこ」

　しっこ？　ああ、おしっこか。

「行きなよ」

「…………」

「まさか一緒に行けと？」

「……家族」

「家族だとしても、トイレには一緒に行きません」

「……家族は一緒、そう言った」

「言ったけど極端すぎるだろ……」

「……もれる……いい？」

「いいわけないじゃん！」

「……5、4、3——」

「あー分かったよ、行くよ、一緒に行くよ！」

「……ふふ」

俺の嘆きを聞いたリスが小さく笑った。どうやら兄を困らせるのが楽しいらしい。

ため息をつきながらリスを連れてトイレに行く。俺は外で待機だ。時間潰しで適当にスマホを触っていると、洗面所から出てきたリスが俺の前にボーッと立つ。

「えーと、どうかした?」

「……」

「リス?」

何かを言いたいらしく、ジッとこちらを見上げている。

やがて決意したようにキッと表情を強張《こわば》らせ、口を開いた。

「……一緒に、寝てほしい」

「え、いやーそれはちょっと……」

「……どうして?」

「俺たち高校生だしさ、まずい気がする」

「……妹に興奮するお兄」

「別に興奮しないって。常識的な考えでやめた方がいいと思う」

「……家族は一緒。そう言った」

「言ったけども……。う〜ん」

腕を組んで悩んでしまう。ちらっと凛香の顔が浮かんだ。

「……やはり、妹で興奮する変態だった……」

「だからしないし、リスをそういう目で見たことはない。たったの一度もな。そもそも俺には――――」

「フンッ！」

「いだっ！」

容赦なく脛《すね》を蹴られた……！　思いのほか威力があり、痛みで屈《かが》んでしまう。

「な、なにするんだよリス！」

「……なんか、ムカついた」

「情緒不安定か……！」

俺は非難めいた視線を送ってやるが、リスは知らんぷりしてタターッと階段を上がってしまった。バタンッとドアの閉められた音が響いてくる。

「くぅ……なんでだ」

リスの言動の意味が分からない。もしや、ちょきちょき三号を失い、感情のバランスが保てないとか……？　だとしたら、もっと優しくしてあげるべきだったか。

俺は後悔しながら階段を上がり廊下を歩いていく。

リスの部屋に差し掛かったのでノックして話しかける。

「その、ごめんリス。決して嫌いだから断ったわけじゃないんだ」

「…………」

返事がない。まるで部屋の中には誰もいないような静けさだ。

徹底的に無視されていることを理解し、思わずため息をついてしまう。

よく考えれば、あれがリスなりの歩み寄り方だったのだ。

一緒に寝たいとお願いすることにも勇気を振り絞っていたようにも見えた。

自室に戻った俺は、後悔しながらベッドに潜り込む。

「やっちゃったなぁ……ごめん、リス」

「……いいよ」

「――――は？」

返事が聞こえた。咄嗟《とっさ》に体を起こして部屋を見回すも、当然ながら俺しかいない。

「…………ごくっ」

まさかと思い、ベッドから降りてベッドの下を覗《のぞ》き込んでみる。

そこには、こちらをバッチリと見つめる真っ黒な物体が――――！

「うぁあああああ!! なんでだああああ！」

「……お兄、うるさい。夜は、静かにしないと」

「常識言うなよそこにいながら！　早く出てこい！」

ベッドの下からのっそりと這《は》い出てきたリスは、俺の前に立ち上がってポツリと言う。

「……お兄。家族は一緒って言った……」

「またそれか！　確かに言ったけど！」

「……うそつきは……死刑……」

「重すぎる！」

「……一緒に寝たい」

「自分の部屋で……一人で眠れないのか？」

「……さむい。一人はさむい」

力のない言葉に、何も言えなくなる。リスはとても寂しがり屋の女の子。

あのふてぶてしい態度からは想像できないが、これまでのやり取りで判明していることだ。むしろ普段の良くない態度は寂しさの裏返しかもしれない。

…………妹なら浮気にならないか？　という考えがよぎる。

ただ一方で、凛香《りんか》なら一緒に寝てあげるべきだと言いそうな気がする。

まあ嫉妬されそうな気もするけど。

「分かったよ。一緒に寝よう」

「……んっ」

明日、一応凛香に説明しておこうか。そう思いながらベッドに潜る。

リスも俺の隣に潜ってきた。ひょこっと掛け布団から顔を覗かせる。

「その着る毛布、暑くない？　さすがに暑苦しく感じる」

「……おそろ、用意してもいい」

「冬になったらお願いするよ」

「……冬用もほしいと？」

「うん全然違う。夏は要らないっていう意味」

夏にこんなものを着たら余裕で脱水症状を起こして死ねる。

「……でも、もう脱いでいいかも」

「え？」

「……あまり、さむくない。今、暖かい」

「そっか……」

多分それは身体的な意味ではなく、精神的な意味での発言な気がした。

色々おかしな行動をするが、今のリスは俺を信頼してくれている。

そうでなければ一緒に寝たいとは言い出さないはずだ。

「……ね、ねえ、お兄」

「ん？」

「……大切な、話がある」

「大切な話？」

「……うん。今まで、隠していたこと」

「隠していることってなに？」

なるべく優しい喋《しゃべ》り方を意識して尋ねてみる。

それでもリスは恥ずかしそうにして言い出さない。

「……うーんとね……お兄の私を見る目、変わっちゃうかもしれないから……」

「大丈夫、変わらないよ」

「……んぅー恥ずかしいぃぃぃ……」

「……」

両手で顔を覆ったリスが、より一層もじもじする。なんか可愛《かわい》い。

乃々愛《ののあ》ちゃんに感じる可愛さだ。これが妹に抱く感情なのだろう……多分。

「……お兄。また今度でいい？」

「いいよ。リスが話したいタイミングで構わないから」

これで俺たちの会話は終了する。何も話すことなく、時間の流れと共に眠気がやってきた。すぐ隣から安心に満ちた可愛らしい寝息が聞こえてくる。

「……」

リスは寂しがり屋で愛に飢えている女の子だ。境遇が似ているので根っこの部分を理解できる。恋愛感情ではないにせよ、リスを喜ばせたいという気持ちが芽生えてきた。

――――あ。凛香を紹介したら、すごく喜ぶんじゃないか？　リスは凛香をめちゃくちゃ可愛がる気がする。

リスはグッズを集めるほど凛香のファンだ。これは勘だが、凛香はリスをめちゃくちゃ可愛がる気がする。本人も愛を持って接すると言ってたし。

もしかしたら俺が邪魔者になるくらい二人は仲良くなるかもしれない。

……よし、二人を会わせてみよう。そして三人で楽しくネトゲを――――。

「ぶはあぁっ!!」

脈絡のないグーパンが、俺の顔面に襲い掛かった！

奇襲に凄《すさ》まじい痛みを感じながら顔を背けて防御態勢を取ると、今度は俺の横腹に連続キックが繰り出される。この猛攻は言うまでもなくリスの仕業。

しかし様子を見たところ寝ている……！　寝相だ。恐ろしいほど寝相が悪いぞ、この子！　今も手足をバタバタさせて悪意なき暴力を振るってくる……！

「ダメだ！　俺の方がベッドの下で寝たい！」

☆

「……やはり凛香さんこそが、混沌《こんとん》に満ちたこの世界を救うアイドル……見ているだけで心が癒され――――あ、さっきのシーンで止めて。ぎりぎりパンツが見えない領域でチラ見えするふとももが最高だった」

「お前の中身オッサンだろ。絶対に止めないからな」

リビング。ソファに並んで座る俺たちは、テレビで凛香のライブを観《み》ながら話を弾ませる。まあ弾むというよりリスが変に興奮しているだけだが……！

「……凛香さんは私にとっての太陽、憧れ……。凛香さんは眩《まぶ》しい……ほんと眩しい、とくにふともも」

「結局ふとももかよ。もっと見るべきところが他にあるだろ」

「……胸は普通のサイズ」

最低だこの子。あと普通のサイズでもいいだろっ。

「まだその毛布を脱がないのか？」

「……ちょびっと恥ずかしい」

リスは言葉通り恥ずかしそうに顔を背けてから言った。ひょっとして顔を見られるのが恥ずかしいとか……？　ちょきちょき三号が死んだ日に泣き顔のリスを見たが、今思い出すとかなり可愛かった気がする。それこそアイドル級。

ただ、泣き喚《わめ》いていた印象が強く、ちゃんと顔立ちを思い出せなかった。

「……お、お兄。スター☆まいんずのメンバーで、凛香さんの次に好きなのは……誰？」

「う〜ん、胡桃坂奈々《くるみざかなな》かなぁ」

ぶっちゃけ友達だからという理由が大きい。……奈々、どうしているだろうか。

「……小森《こもり》梨鈴《りず》は、どう？」

「あー……」

少し考える。ちょっと微妙だな、という結論に至った。

「そこまで気にしていないんだけど、SNSで炎上してるイメージが強いかな。ネット上では、人気を得やすいロリ枠なのにグループ内で一番人気がない、とか言われてるしなぁ……代わりに熱狂的なファンが一番多いらしいけど」

「……お兄は、どう思ってる？」

「なんとも。俺は凜香一筋だから」

「……さむい」

「え？」

「……やっぱり、毛布は当分脱がない」

見るからに落ち込んだリスがポツリと言う。これはやらかした、小森梨鈴のファンでもあったのか。なんとか挽回《ばんかい》したくて必死に頭を働かせる。

ふと昨晩のこと——凜香との電話を思い出した。

実は俺から凜香に『リスに会ってほしい』とお願いしたのだ。

当然凛香は『もちろんよ。私の可愛い妹ですもの』と声を弾ませながら承諾してくれた。

さすがである……色んな意味で。あとは、どのようにして紹介するべきか。

やはり俺としては、彼女として凛香を紹介したい。事実だし。

問題は、リスがそれを許せるのかどうか。

恋人が発覚したアイドルは、基本的にファンたちからキレられる。

それはもう、憎しみや殺意を込めた長文がネット上で公開されることもあるほどに。

……リスは、どうなんだろう？　念のために聞いておく必要がある。

「もし凛香に彼氏がいたらどうする？」

「……ありえない。ありえないことなので、その仮定を考える必要がない」

「そ、そんなにか？」

「……凛香さん、何度も変な男に絡まれた経験があるから、下心を向けてくる男をかなり嫌う。とくに、げすい大人の男」

その喋り方は実際に見てきたような喋り方で、凛香の身近にいる人の喋り方でもあった。

「それはネット情報？」

「……えと、うん、そう、ネット情報」

「そっか……」

「……でも、ちょっと前から……男ができたようなウキウキ感があって――ううん、なんでもない」

リスは自分の思考を振り払うようにブンブンと首を振った。

「リスとしては、凜香に彼氏がいてもいいのか？」

「……凜香さんが、それで幸せになるなら……。彼氏なんて絶対にありえないことだけど。……ただし、男はイケメンで運動神経抜群でお金持ちで優しいことが条件」

「ハードルが高いな……。俺みたいな奴《やつ》が彼氏だったらどうする？」

少しばかり手に汗をかきながら慎重に尋ねると、リスは迷いなく言い放つ。

「……絶対にありえない」

「うぐっ！」

「……お兄みたいな男は、私みたいな女を一生お世話する人生を送るべきだと思う」

「なんだよそれ介護か」

ただまあ、凜香に彼氏がいてもオッケーなようだ。それなら紹介してもいいか。

俺みたいな男はダメだと言ったが、言い方からして冗談っぽいし。

「明日の晩、空いてる？」

「……んっ。ちょうど晩に帰る」

「そっかそっか。じゃあさ、俺の彼女を紹介したいんだけど、いいかな？」

「………？」

リスの動きがピタッと固まったように止まる。

聞いていなかったのかな？　と思い、もう一度言うことにした。

「俺の彼女を紹介したいんだ、明日の晩」

「……お兄に、彼女？」

「うん」

「……それはあなたの想像上の人物では？」

「ちゃんといるから。想像上じゃないよ」

「……どうせ画面の中から出てきてくれないオチ」

「そうなんだよ俺の嫁は恥ずかしがり屋で――じゃないって！　肉体あるから！　二次元に負けないくらい可愛いから！」

「……ちっ」

「シンプルな舌打ちっ！」

見るからに不機嫌になるリス。ササッと俺に背を向けてしまう。

「あのーリスさん？」

「…………」

「リスー？」

「……さむくないけど、もやもやする」

そう言うと今度は完全に黙り込む。顔を覗《のぞ》き込んで表情を確認したいが、背を向けられているので無理だった。……これは、どういう状況なんだろう。

俺みたいな男に彼女がいたことで驚きを隠せない……とか？

「……前まで、その彼女の家に泊まってたの？」

「まあ、うん」

「…………」

またしても黙り込むリス。何かを考えている様子。

しばらくして「……分かった……」と言ってくれた。ホッと胸を撫《な》でおろす。

これで嫌だと言われていたら凛香《りんか》にどう説明したらいいか分からなかった。

「……まさかお兄の彼女って、凛香さん？」

「えっ!?」

「……ちょっと前の話で、そう思った」

「そ、それはどうだろうなぁ！」

「……そんなわけない、か。二人に接点がない」

「あ、俺と凛香はクラスメイトだぞ」

「……ガチ恋加速マジ危険」

ガチ恋？　大丈夫、そんなレベルの話ではない。

☆

迎える翌日の晩。凜香が俺の家にやってくる時間までもう少し。ソファに座っているリスは落ち着かない様子でモジモジしている。意外と緊張しているらしい。人見知りか。

「……お兄、やっぱり会いたくないかも」

「大丈夫、絶対に会って良かったと思えるから」

「…………思える気がしない」

リスは不安そうにうつむいてしまう。やっぱり人見知りだった。

俺と初めて会った時も警戒心を全開にしてソファの後ろに隠れていたしな。

だが、これから来る相手が凜香だと分かれば喜んでくれるに違いない。

ワクワクしながら待っていると、インターフォンが鳴った。きっと凜香だ。

俺がソファから立ち上がろうとすると、隣のリスから服をギュッと摑《つか》まれる。

「リス？」

「……お兄は、これからも彼女の家に泊まるの？」

「それは――――」

不安が込められた頼りない声に、今のリスが俺に何を求めているのか察する。

察してもすぐに返事できなかった理由は、乃々愛《ののあ》ちゃんのこと。夏休みの間、ずっと一緒にいる……。そう約束し、破ってしまった。そのことに何も思わないわけがないし、申し訳なく思う。けれど、今はリスを優先してあげるべきだと判断した。

「この家にいるよ」

「……なら、いい」

パッと、リスが俺の服から手を離す。どうして俺は事前に気づけなかったのか。

寂しがり屋のリスは、俺がいなくなる可能性に不安を感じていたんだ。

きっと俺に彼女がいると分かり、また遠くに行ってしまうと、そう勘違いしたのだろう。

「大丈夫。俺たちは出会ってまだ一週間くらいだけど、ちゃんとした家族だし……。それに俺の彼女は想像を絶するくらいリスを可愛《かわい》がると思う……！」

「……なんか含みのある言い方……」

すでに凛香はリスのことを妹だと、家族だと思っている。何も問題はない。

そう自分に言い聞かせた俺は、軽い足取りで玄関に向かいドアを開けた。

当然ながらそこにいたのは凛香。俺を見るなり固く結ばれた口を柔らかくさせる。

「和斗《かずと》……久しぶりね。この瞬間をどれほど待っていたことかしら」

感激した凛香が、愛を感じさせる温かい視線を向けてきた。

そこまでのリアクションをされると照れ臭くなる。俺も嬉《うれ》しい気持ちは同じだし……。

「久しぶり、凛香。中に入って」

「楽しみだわ。ついに私の可愛い妹、リスちゃんに会えるのね」

「うん、リスも喜ぶと思う。凛香の大ファンだから。……あ、俺と夫婦のことは黙っていてほしい。リス、驚いちゃうからさ」

「仕方ないわね。今だけは仮初《かりそ》めの恋人になりましょう」

仮初めじゃなくて事実だ。恒例のツッコミを心の中でしつつ、凛香を連れてリビングに向かう。……ふふ、リスが『ふぉおおおお！』と謎の奇声を発して喜ぶ姿が目に浮かぶぞ。そしてついに、その時が訪れた。

俺たちはリビングに踏み込み、ソファに座るリスを発見する。

ソファはこちらに対して背を向ける配置なので、リスの方はまだ凛香に気づいていない。

凛香は軽く呼吸を整えると、ゆっくりと歩み寄り、リスの正面に回り込んだ……！

「リスちゃん。こんばんは」

「――――えっ」

凛香に話しかけられ、リスは現実を認識できていないような呆《ほう》けた声を発する。

なんだか楽しい気分になってきたぞ。ドッキリ大成功の看板を持って『テッテレー』と言いたい。笑わないよう我慢しながら俺もリスのもとへ。

…………あれ？　なんか思ったような反応ではない。

「え、待って。この身に纏《まと》う独特の空気感……あなた、もしかして――」

「……り、凛香さん……？　どうして、ここに……？」

何かを感じ取った様子の凛香。リスの方は、憧れの人が突然目の前に現れ、感動し、どうリアクションしたらいいか分からない――という感じではない。

ただただ事態が飲み込めないでいる。

何やら困惑した空気が渦巻き始める中、リスは立ち上がり――フードを外した。

現れた顔は――想像以上に整っていた。というか可愛い。

小さな体から想像していたように幼く見える顔立ち。

でも今は困惑が色濃く表れた表情をしており、凛香を前にして目を大きく見開いていた。

………………いや、待て！　この顔、見覚えがある――！

「……凛香、さん？」

「梨鈴《りすず》？」

互いの顔を見つめ合う彼女たちは、パチパチと目をしばたたかせた。

「え、リス？　まさか――」

「小森《こもり》梨鈴。この子は私と同じ、スター☆まいんずのメンバーよ」

な、なにいいいいいいいいい!!

二章
人気アイドル二人と天使とネトゲ廃人

こ、こんなことってあるのか!?

俺たち三人は動揺を一切隠すことができず、目を見開いて顔を見つめ合う。

先に動いたのはリスー—改め、スター☆まいんずのメンバー小森《こもり》梨鈴《りすず》だった。

「……お兄、ちょっと来て」

「あ、ああ」

梨鈴に強く腕を引っ張られ、リビングから退場する。

残された凛香《りんか》は俺たちを止めることなく、その場で何かを考え込んでいた。

「……お兄、どういうこと？　説明して」

廊下で二人きりになり、早速梨鈴が問い詰めてくる。

動揺しているのは俺も同じなんだが、とりあえず事実を言うことにした。

「凛香が俺の彼女なんだ」

「……何か、弱みでも握った？」

「失礼なっ！　そう言いたくなる気持ちも分かるけど、その、俺たちは……ちゃんと両思いだよ」

「……ちょっと甘酸っぱい雰囲気出さなくていい……。ほんと、意味分かんない」

梨鈴は悩ましそうに顔を歪《ゆが》め、そう言葉を吐き捨てる。その気持ちは俺も同じだ。

「リスこそどういうことだよ。スター☆まいんずのメンバー、小森梨鈴だったなんて！」

「……何度も言おうとした。したけど……お兄のせいで言えなくなった」

「なんでだよ。俺、何もしてないと思うんだけど」

「……無自覚は罪」

「い、意味が分からない……！　そしてリスと呼ばせていたことも意味が分からない！」

「……リス……可愛い」

「可愛い!?　それだけの理由!?」

「……だから、何度も言おうとした」

なぜか梨鈴の方が不満げに俺を睨《にら》んでくる。

はは、うそだろ。今日という日まで、俺は妹の本名を知らなかったのか。軽くへこむ。

「一応聞くけど、これからは梨鈴って呼んでいいのか？」

「……いいよ。ついでに閣下と付けてもいい」

「とことん舐《な》めてるな、梨鈴。あとさ、配信者をしてるって言ったじゃん？　それって」

「……うん。アイドルのこと」

「配信者と人気アイドルじゃあ全然違うだろ……っ！」

「……本質は同じ。希望と笑顔を世間に振りまき、皆を幸せな気持ちにする。……本質は同じ」

「でも君はちょくちょく炎上してるよね？　振りまいてるのは火の粉じゃん」

「……私は何も悪くない。悪いのは、私を理解できない野蛮人の方だ（キリッ）」

無意味に決め顔で言う梨鈴。絶対にアイドルに向いていない人の考え方だろ……！

「……そんなことよりも、凜香さんのこと。本当に、付き合ってるの？」

「ああ……もう一度言うけど、俺と凜香は付き合ってるよ」

「……大切な人を、同時に二人奪われた気分……闇落ちしそう」

下手すれば泣きそうな顔になった梨鈴は、自分の胸をグッと手で押さえた。

今の梨鈴の気持ちを具体的に理解することは残念ながら無理だった。

けれど想像はできる。仲良くなり始めた兄と尊敬する女性が付き合っている……確かに複雑な気持ちになりそうだ。

「その、梨鈴……あまり嬉しくなかった？」

「……私が嬉しくなると思って、彼女を……凜香さんを呼んだの？」

「うん。ほら、梨鈴は凜香の大ファンだろ？　だから呼んだんだけど……」

同じグループなら何度も顔を合わせていただろう。わざわざ会わせる必要はなかった。

しかし、これで梨鈴が所有する凜香グッズ全てに直筆サインがあった理由も判明した。

そりゃサインを書いてもらうことも簡単なわけだな。

「梨鈴を喜ばせたかったんだけど、失敗だったな。ごめん」

「……凛香さんが来てくれたのは、嬉しい」

「ほんとか？」

「……うん」

「じゃあ何が不服なんだ？」

「……お兄が……っ」

それ以上言うことなく、梨鈴は固く口を閉ざした。なんなんだ……。

とにかく何か嫌な思いをしているのは伝わってくる。

「……今は、凛香さんのもとに戻る」

「あ、ああ」

そう言われ、共にリビングに行く。凛香はソファに座って俺たちを待っていた。

「あら、話は終わったかしら？」

「一応……。凛香は冷静だな」

「そうね。和斗《かずと》の妹が実は梨鈴だった。それだけの話でしょ？」

順応力高すぎるだろ俺の彼女。これがクール系アイドルなのか。

「……彼氏のこと、聞いてない」

責めるように言った梨鈴は、不満そうな表情を浮かべて凛香に歩み寄る。真剣な雰囲気だ。凛香は気まずそうに一瞬だけ視線を逸《そ》らすも、ソファから立ち上がって頭を下げた。

「ごめんなさい。言い訳になるけれど、言うタイミングがなかったの」

「……言ってくれなかったの、悲しい」

「本当にごめんなさい……」

悲しそうに項垂《うなだ》れた梨鈴の頭を、凛香は優しく撫《な》でる。なんだか娘を可愛がる母親のようで、愛に溢《あふ》れた手つきだった。それだけではない。体を包み込むように抱きしめる。

ちょうど高さが合い、梨鈴は顔を凛香の胸に埋《うず》めた。

そして梨鈴の右手が怪しげな動きを見せ、凛香のふとももへ。

「……彼氏のこと、いつでも言ってくれて良かった」

「以前からタイミングは見計らっていたの。でも最近、皆忙しかったでしょう？」

「……凛香さんが一番忙しかった」

「そうね。もう少し落ち着いたら、きちんと皆に説明するわ」

「……んっ」

「でも、梨鈴が妹になってくれてすごく嬉しいわ。これからよろしくね」

「……妹？　よく分かんないけど、私も嬉しい」

凛香は心底愛《いと》おしそうに梨鈴を抱きしめ続け、よしよしと頭を撫でる。

彼女たちのやり取りを見ているだけで仲が良いのが分かった。

梨鈴もその気持ちに応えるように、凛香の胸に埋めた顔を左右に軽く振っている。

それは胸の谷間を顔面で堪能する変態の姿そのものだった。

しかも右手で凛香のふとももをもみもみと揉《も》んでいる。

控えめに言ってドン引きだった。欲望剝《む》き出しじゃん……。

「……二人は、なにがきっかけで付き合うことになったの？」

「ネトゲよ。私と和斗はネトゲで出会い、純粋清らかな関係を着実に育んでいったの」

「……ネトゲ……もしかして、黒い平原？」

「そうよ。梨鈴もしてるの？」

「……うん。変態お兄に誘われて始めた」

当たり前のように変態呼ばわりされてショックを受ける。

しかも凛香は「そうなのね、ふふ」と温かく返事をしていた。できれば否定してほしい。

「……凛香さん。恋人選びは、もう少し慎重になった方が良い」

おい梨鈴。それ、どういう意味だ。と言いかけるがグッと飲み込む。

まあ客観的に考えて、人気アイドルとネトゲ廃人では不釣り合いだ。

「梨鈴、和斗はとても素晴らしい男の子よ。それに付き合っていないわ。私と和斗は夫婦――あっ」

流れるように喋《しゃべ》り、迂闊《うかつ》な発言をしたことに気づいて焦る。

意外と敏感な梨鈴は、胸から顔を離してジッと凜香の目を見つめた。

「……付き合ってない……？　夫婦？　夫婦ってなに？」

「えと、それは……！」

「……何か、隠してる……」

きつく問い詰める視線を向けられ、凜香は珍しく困ったような表情を浮かべる。救いを求めるように俺を見てきた。どうして口を滑らせてしまったんだ……！

梨鈴は家族という関係にこだわりを持っている。凜香のネトゲで結婚したらリアルでも夫婦という考え方にどのような反応をするか予想できない。

「……凜香さん？」

「ごめんなさい和斗。黙っているのも苦しいのに、仲間にうそをつく行為は辛《つら》いわ」

「え――」

「梨鈴。実は私と和斗は、夫婦なの」

「………？」

己の意思で堂々と強く言い放つ凜香。本当に言ってしまったと焦る俺。ぽかんと口を半開きにする梨鈴。三者三様のリアクションをする中、凜香はまたしても言い放つ。

「私は和斗のお嫁さんよ」

「……え、えと、え？……え？」

面白いほど戸惑う梨鈴。いきなり垢《あか》バンされたようなリアクションだ。

凛香は梨鈴の目をバッチリ捉え、とどめとばかりに言う。

「私と和斗は結婚しているの。未来永劫《みらいえいごう》解かれることのない魂の結びつきをもって」

「……あ、え、う……えと、え……あ……？」

きっと頭の中ですさまじい思考処理が行われているに違いない。

やがて現実を受け入れるだけの整理ができたのか、我に返った梨鈴は口を開け――。

「ふ、ふぁあああああああああ!?」

今まで聞いたことがない奇声を発した。

まあそういう反応になるよなぁ。凛香に彼氏はいないと、そう断言までしていたのだ。

それがまさか俺と付き合っており、さらにお嫁さん宣言までしたのだから……。

「……ふ、夫婦ということは……二人とも、い、色んなことを……!?」

「そうね……私と和斗は、とても人に言えないようなことをしてしまったわ」

激しく動揺するリスと、ポッと赤くなった頬に手を添える凛香。

「……り、りり、凛香さんがお兄と……っ！」

「あの、別に変なことはしてないからな？」

本当である。せいぜい恋人としてキスを二回したくらいで、変態じみたことは一回もしていない。少なくとも俺は。

「……じゃ、じゃあお兄は……このおっぱいを、直《じか》でもみもみと――」

「してない!!　服越しですらしてない!!」

「……こ、子供ができることも――」

「してない!!　健全なお付き合いをしてるから!!」

「そうね。けれど、子供の名前なら沢山考えてあるわ。もちろん男の子と女の子の両方。合計で百はあるわね」

自慢げに言ってのける凛香《りんか》。恐ろしく気が早いし、百って……。

「……け、結婚式は……?」

「ネトゲよ。ネトゲ内で結婚したの。年齢上、リアルで結婚するのはまだ無理だったの」

「……え?　じゃ、じゃあ凛香さん……それ、夫婦なのはネトゲだけの話では……?」

「いいえ、ネトゲで結婚したのならリアルでも夫婦よ」

「…………私、耳鼻科に行った方がいいかも」

「大丈夫だ梨鈴《りすず》!　ちゃんと聞こえてるぞ!」

自分の耳を触って疑う梨鈴は、俺の声を聞いて意識を現実に戻す。

まさか尊敬するクール系アイドルが、そんなことを言い出すとは思わなかったはずだ。

「……凛香さん、冗談はやめてほしい」

「冗談じゃないわ、本気よ」

「────！」

微塵《みじん》の迷いもなく言い放った凛香に、今度こそ梨鈴は言葉を失った。

「ネトゲで結婚＝リアルでも夫婦、そう考えない変わった人たちがいるのも理解しているわ。梨鈴もそちら側なのね」

「……い、いや……凛香さんの方が、変わってる……！　それも、ものすごく……！」

「梨鈴になら理解してもらえると、私は信じている。奈々《なな》も理解してくれたわ」

「……奈々さんも、知ってるの？」

「ええ。今、私と和斗の関係を知っているのは奈々と梨鈴だけ……。いずれ他のメンバーにも説明するつもりよ」

「……阿鼻叫喚《あびきょうかん》が、予想される……！」

梨鈴は頭を抱えて「……うーん、うーん」と悩ましげな声をあげる。

一応はまともな感性をしているらしく、常識的なリアクションを見せていた。

「……ネトゲで結婚……あ、リンとかいうあのヤバい女が……凛香さん……？」

「ヤバい女？　今、私をヤバい女って──」

「……ネトゲで家族……そんなの……っ。お兄は、どう思ってる？」

「ねえ梨鈴、今私をヤバい女って──」

「俺も最初は驚いたよ。正直今も完全に理解できていない」

「……良かった。じゃあ――」

「でも凛香の想《おも》いが本物なのは分かるし、変だとは思うけど否定するほどでもないよ」

「……まともなのは私だけ……？」

「大丈夫、皆まともよ」

凛香に何か言い返そうとする梨鈴だが、寸前で黙り込む。

何か言いたそうに口をモゴモゴさせた後、真剣な表情を浮かべて凛香に向き直った。

「……凛香さん。私は、凛香さんを尊敬している」

「私もよ。梨鈴の飾らないスタイルが好きだわ。誰に何を言われようと、自分を貫くその姿勢が」

凛香の言い方から察するに、やはり小森《こもり》梨鈴というアイドルの振る舞いは素だったらしい。デビュー時にキャラの方向性で迷走していたらしいが、多分開き直って自分らしく行ったのだろう。梨鈴と過ごしていると、そう思えて仕方ない。

「……凛香さんの、冷たいようでとても優しいのが好き。一番頑張ってるし、皆を見てフォローしてくれるし、ふともも柔らかいし、注意の仕方が厳しいけど愛を感じるし……私は、凛香さんが好きで、尊敬している」

「梨鈴、そんなに私のことを……っ」

どこか感動している様子を見せる凛香。ふとももは余計だと思う。

「……でも、今回のことは…………んー！」

唸《うな》り声《ごえ》を上げ、またしても頭を抱える。悩み苦しむ梨鈴の肩に凛香は手を置き、優しい声で「そうよね。いきなり夫を紹介されても困惑するわよね……ごめんなさい」寄り添うように優しく言った。いや、そこではない。

ネトゲで結婚＝リアルでも夫婦が問題点だ。

…………。

この後、梨鈴はどうするんだろう。

これまでの人たちは何だかんだと受け入れ、今では完全に受け入れている。

果たして梨鈴は――――。

「……ん――！　凛香さんのことは好き……でも、ネトゲで夫婦は……！」

「梨鈴？」

「……ふ、んんんんっ!!」

頭を激しく掻《か》きむしった梨鈴は――突然階段に向かってダッシュした……！

そしてドタドタと激しく上がっていく足音が響いてくる。

俺と凛香は一瞬だけ顔を見合わせ、慌てて追いかけた。俺たちが追いつくことなく、梨鈴はバタン！　と強くドアを閉めて自室にこもってしまう。まさかの逃走。

ノックしてみるが応答なし。今度は凛香がノックして話しかける。

「梨鈴？　急にどうしたの？」

「……今は、何も話したくない」

ドア越しに聞こえる小さな声。続けて聞こえてくる。

「……話を整理しても、意味分かんない……。お兄に彼女がいるのも、ちょびっと嫌だった。その彼女が、尊敬する凛香さん……これも驚いたし複雑な気持ち……」

ポツポツと紡ぎ出される梨鈴の声に、俺たちは耳を傾ける。

「……なによりも夫婦って……！　夫婦ってなに……！　ネトゲで、仲良くなれるのは分かる……。でも、夫婦はおかしい」

「梨鈴、それは――」

「……ネトゲで、家族同然の絆《きずな》を作れるとは……思えない」

その気持ちは正直分かる。俺も未《いま》だに当たり前のように思えていないのだから。

しかし凛香の気持ちは本気だ。疑う余地はない。

それでも梨鈴は家族という関係に自分なりのこだわりがあるようだ。

「……お兄を、家族として認めたのは、今の私を……認めてくれたから。私が辛い時に、家族とか関係なく、受け入れてくれたから……」

「……」

「……その上で、家族になると言ってくれたから」

でも、と言葉を続ける。

「……ネトゲで、そこまでの深いやり取りができるとは思えない」

消えそうな声ながらも梨鈴の本音が吐き出された。

大人しく聞いていた凛香だが、ついに反論する。

「梨鈴、それは違うわ。身分や容姿が分からないネトゲだからこそ、その人の人格が現れるの。当然例外もあるわ。でも基本的に、ネトゲという世界は、純粋な心をさらけ出して他人と交流ができるの」

「………………」

「梨鈴？」

返事がない。何を言い返すか考えているのか？

不意に、ガチャッとドアが僅かに開かれた。

その隙間から、ひょこっと梨鈴が顔を覗《のぞ》かせ――――。

「……ネトゲは、所詮ゲーム」

「――――ッ！」

ピシッと凛香の顔が厳しく強張《こわば》る。俺でも分かるくらい地雷を踏んだように見えた。

引き絞るような冷たく鋭い目を梨鈴に向け、凛香はゆっくりと言う。

「ネトゲを、私たちの世界を、否定することは許さないわ。たとえ梨鈴でも……‼」

「――ぴっ」

悪鬼羅刹の如《ごと》く凄《すさ》まじい怒りを発する凛香を前に、梨鈴は小鳥の悲鳴を上げて引っ込んでしまった――。

こうして、ドアは完全に閉じられる。

ノックしても声をかけても無反応。梨鈴は出てこない。

俺は隣から感じる怒りにビクビクしながら声をかけてみる。

「あ、あの、凛香様？」

「ネトゲは、所詮ゲーム？　ええ、そうよ、ゲームよ。けれど、あの舐《な》めた言い方は許せないわね。ネトゲは、私と和斗《かずと》の――――っ」

腹の底から噴出する怒りを抑えるように、凛香は歯を食いしばる。

誰にだって大切なものや譲れないものってあるものだ。

それが凛香はネトゲであり、ネトゲで結婚＝リアルでも夫婦という考え方。

そして梨鈴は、家族になるにはリアルでの深いやり取りが必要という考え方。

俺は二人の考え方に共感できる曖昧な立場だな。

凛香の考え方は行きすぎだと思うが、ネトゲで確かな絆は生まれることを知っている。

一方で梨鈴が家族に理想を抱く気持ちも理解できる。

「はぁ……弱ったな」

「和斗。今日からこの家に泊まっていいかしら？」

「いいけど、色々と大丈夫？」

「ええ、アイドル活動に関しては何とかなるわ。それよりも今は……梨鈴のことよ。ネトゲがどれほど尊い世界なのか、理解してもらう必要があるわ」

「考えを押し付けるのも良くないと思うけど……」

「押し付けるのではなく理解をしてもらうの。ネトゲを侮られたままでは納得できないわ。そして私たちが夫婦ということを認めてもらうのよ……！」

「…………」

凛香は瞳に決意の炎を宿す。果てしない道のりになりそうな気がした。

☆

あれから二日が経《た》ったが、凛香と梨鈴は仲直りできなかった。

いっそ距離を置いた方がいいのでは？　と思うようなやり取りが二人の間で行われている。俺たち三人は同じ家で寝泊まりしているわけだが……これがまあ辛《つら》い。

まず凛香が梨鈴に話しかける、しかし梨鈴が気まずそうにして立ち去る。すると凛香が強引に話しかけ、ネトゲがどれほど崇高なものかを熱く解説し――ポツリと梨鈴が「……

所詮ゲーム。深くない」と、これまた見事に突き刺さる一言を返して凛香《りんか》をピシッとさせる……そんなことが繰り返される二日間だった。

二人の間にいる俺は常に胃がキリキリさせられている。

おかしくないか？　人気アイドル二人と暮らしているんだぞ？

多くの男が血涙流すほど羨ましいシチュエーションなのに、俺は今までにないほどの地獄を味わっている。

「はぁ……せめてもの救いは、晩飯を三人で共にすることか………いやこれも地獄だ」

黙々と無言で晩ご飯……食事中に喋《しゃべ》らないのは別に構わないが、無言の質がまるで違う。

毒状態でじりじりとHPが削られているかのような気分だ。

晩飯の時間になり、ネトゲを終えた俺は自室から出て階段を下りる。

リビングに行くと、すでに梨鈴《りすず》と凛香が席に着いていた。

テーブルには凛香の手料理が並べられている……栄養バランスが良さそうなメニューだ。

「……お兄、早く」

相変わらず毛布を着た梨鈴に急《せ》かされて席に着く。ちなみに梨鈴はフードを外している。

正体がバレたので、顔を隠す必要もなくなったということか。

三人で手を合わせ、いただきますと言った後は、作業のようにご飯を口に運ぶ。

「………」

「………」

食事に集中するというよりは、話を拒絶している雰囲気だ。

そろそろ毒でＨＰがなくなりそう。くそ、ご飯は美味《おい》しい……美味しいのに……！

無言の時間が辛すぎて箸が重く感じる。ふと、凛香が梨鈴に向かって言う。

「梨鈴。この後、一緒にネトゲをしましょう」

「……どうして？」

「口だけで説明するのは難しい……。だから実際に遊んでネトゲの魅力を伝えたいの」

「……凛香さんとは、できない……」

返事を躊躇《ちゅうちょ》した梨鈴は、凛香と目を合わせることなく独り言のように言った。気まずいのだろう。凛香が語るネトゲの考え方を何度も否定してきたからな。

「……それに、この前……お兄とした」

「採掘ばかりで本当の楽しさを味わえていないでしょう？」

「……うん。カンカン音が耳に残って、ノイローゼになりそう」

「その気持ち、私も分かるわ。採掘が楽しくないわけではないの、でも物事には限度というものがあるわ」

「……それはそう。なのに、うちのお兄は……！」

「ほんと私の夫は……！」

「あれ、なんか俺の愚痴になってない？　ねえ？」

二人は俺をチラッと見た後、残念そうに「はぁ」とため息をついた。

いつのまにやら俺が孤立していた。なんで？

「……ネトゲで、家族はありえない」

「そんなことないわ。それだけは決して否定させない」

「……私は凛香さんが大好きだし尊敬している。だけど、妄信はしてない」

「それで？」

「……間違えていることは、ちゃんと言う。ネトゲ程度で、本当の家族になれない」

「梨鈴は知らないようだから教えてあげる。ネトゲからの付き合いで本当に結婚した人たちはいるの。そして黒い平原をイメージした結婚式プランも実際に存在するのよ」

「……話が、ズレてる。私が言ってるのは、ネトゲで結婚＝リアルでも夫婦、が間違えてるということ」

「何も間違っていないわね。確かにネトゲとリアルで分ける人が一定数存在するのは知っている。けれど、本質を見ればネトゲこそが本当の心で人と向き合える世界……つまり、ネトゲで結婚＝リアルでも夫婦が成立するのよ」

さすが凛香だ。めちゃくちゃなロジックなのに、ほんのちょっとだけ説得力を感じさせる喋り方だった。しかし梨鈴は違う。

「……リアルでも、人と真摯に向き合える」

「ええ、そうね。私もそれは否定しない。あくまでもネトゲの方が、本当の心で向き合いやすいと、私はそう言っているだけ」

「……納得、できない…………できない」

ガーッとご飯を口に掻《か》きこみ平らげた梨鈴は、逃げるようにして階段の方に歩いていく。

凛香は何かを言いたそうに口を開くが、結局梨鈴の背中を見送った。

「ダメね、私……。どうしても熱くなってしまう。梨鈴の気持ちに寄り添えていないわ」

「頑張ってるよ、凛香は」

「頑張るだけではダメよ。問題は、どのような過程で結果を残すか…………ふぅ」

自分を落ち着かせるように、凛香は深く息を吐く。

雰囲気から疲労が滲《にじ》み出ていた。その表情もやはり疲れ切っている。

「大丈夫？　疲れてそうだけど……」

「そうね、アイドル活動もあるし……。色々考えることが多いわ」

「その、さ。せめて料理は俺がするよ」

「ゆで卵しか作れないでしょう？」

「はい」

「私がするわ。それに料理は好きだし……良い気晴らしになるの」

「そっか……いつもありがと」

お礼を言いながら頭を下げると、凛香が優しく「いいのよ」と言ってくれる。

余談だが、梨鈴はカップ麺しか作れない。

凛香が来る前は、まじでカップ麺しか食べていなかった。

そして俺はゆで卵である。

お湯を沸かすことしかできない最悪の兄妹《きょうだい》だな。

「どうすれば梨鈴に認めてもらえるのかしら」

「こればっかりは難しいよな」

むしろ、これまで色んな人から認めてもらえたことが奇跡だった。今回が普通だろう。

「私は梨鈴が好きよ、仲直りしたい気持ちは大前提にある……。けれどネトゲでの絆《きずな》を否定、すなわち私を否定していることになるのよ。どうにかして認めてほしいものだわ」

なんだか恋人の父親から結婚を認めてもらえない男の人みたいな感じだなー。

凛香の本心を知って、どうにかしたい気持ちが強くなる。

考えを押し付けるのではなく、認めてほしいという気持ち……。それはよく分かる。

「ごめんなさい。一人で考えてみるわ」

ご飯を食べ終えた凛香は、食器を片付けると二階に行ってしまう。

俺が用意した凛香用の部屋に戻ったのだろう。

「梨鈴からも話を聞いてみるか……」

何ができるか分からないが、せめて両者が抱える思いを聞いて何かの助けになりたい。

三人分の食器を洗った後、梨鈴の部屋に向かいノックする。思いのほかすぐにドアが開かれ、顔を見せてくれた。なぜか不機嫌そうな表情を浮かべてジロッと俺を見上げてくる。

「……なに？」

「ちょっと話をしたいなって思って」

「……凛香さんのこと？」

「まあ、うん……」

「……中に入って」

招かれ、部屋に入る。以前見た時と同じく中二チックな雰囲気だ。

違いは一つ、虫かごがなくなっていること。

俺が適当に床に腰を下ろすと、梨鈴がベッドに座るなりボソッと言う。

「……変態」

「なんだよいきなり」

「……人気アイドルの彼女に夫と呼ばせ、喜んでる」

「喜んでないけどね、逆に戸惑ってる」

決して凛香の言動が嫌なわけではない。でも個人的には、まず普通の恋人がいい。

そう思いながら壁に貼られた凜香ポスターを見つめる。クール系の印象を前面に出しているのか、キリッとした真面目な表情でこちらを見据えていた。……可愛《かわい》いな。

「……もっと早く、私がこの家に来てたら……お兄と……」

「え？」

とても小さな声で、はっきり聞こえなかった。ポスターから梨鈴に視線を移すが、梨鈴は追及をやめてくれと言わんばかりに首を振った。

「……ううん、なんでもない。この問題は、考えても解決不可能。受け入れるしかない」

受け入れるというよりは諦めてしまったような言い方だ。梨鈴は自虐的な笑みを浮かべて俺から視線を逸《そ》らし、床に転がっている腕が七本ある人形を見つめた。

兄として、ではなく一人の人間として力になりたいと思う。

「俺に協力できることなら言ってほしい」

「……諸悪の根源が何を言う……！」

「えー……どういうことだよ」

梨鈴がジロッときつい目で睨《にら》んでくる。理不尽な怒られ方だな……。

だがそれ以上何かを言ってくることはなかったので、本題に入ることにした。

「率直に聞くけど、凜香のこと嫌いになった？」

「……なってない。大好きのまま。凜香さんと仲直りしたい。喧嘩《けんか》は望んでいない」

「そ、そっか。じゃあ――――」

「……でも、ネトゲで結婚＝リアルでも夫婦、の考え方が理解できない。凛香さんの大切な考え方を否定した。そして……今も理解できない」

「受け入れるのも難しい？」

「……家族は、そんな簡単になれるものじゃないと、私は思ってる。あんなお遊びでは無理……せいぜい友達くらい」

全てではないにせよ、ある程度梨鈴の言うことも理解できる。

この家族に対する考えも梨鈴からすれば凛香同様、譲れない一線なのだ。

「……理解できない限り、本当の意味で凛香さんと仲直りできない。仮に、受け入れたフリをしても絶対に見抜かれる。凛香さん、フリとか嫌いな人だから……私が嫌われる」

「嫌いにまではならないと思うけど……まあギクシャクするかもなぁ」

自分が嫌われることを想像して悲しくなったらしく、梨鈴はしょんぼりと項垂《うなだ》れて涙目になる。本気で凛香のことが好きなんだなぁ。

二人は仲直りしたい気持ちがある。でも自分の芯となる考え方が嚙《か》み合わないのだ。

ただ、問題点は明確になった気がする。

梨鈴が、ネトゲで結婚＝リアルでも夫婦、という考え方を理解できなくとも受け入れることができれば…………この一点かもしれない。

ようは寛容になれるほどネトゲから魅力を感じてもらえれば——。

「……私なりに、受け入れる努力をしている」

「お、そうなんだ。何をしているんだ？」

「……ネトゲで、色んな人に絡んでみた。多くの人と交流して、ネトゲで絆が生まれるのか……試してみた」

「そっか、梨鈴《りすず》は偉いな。それで、どうだった？」

「……二日間の、アカウント停止を食らった」

「なんでだよ、ほんとなんでだよ……ッ！」

「……楽しく色んな人とおしゃべりした……それだけ」

絶対に人を煽《あお》るようなことを言っていたな、この子。

機会を見てちゃんと怒った方がいいかもしれない。兄として。

「……お兄。明日の準備をしたい……部屋から出ていって」

「分かった。話してくれてありがと」

梨鈴の部屋から去り、再び一階に下りてリビングに来た俺は状況を整理してみる。

何が問題になっているのか明確になった以上、あとは解決策を見つけるだけだ。

「どうしたものか……」

ネトゲで結婚＝リアルでも夫婦、これを理解できなくていい。

せめて受け入れられるように、寛容になることができれば……。

ネトゲでもそれだけの絆を育めるのだと、魅力を感じてもらえればいい。

「一番の近道は、俺たち三人でネトゲをして楽しさを感じてもらうことだよなぁ」

他人と一から絆を育むのも悪くないが、時間がかかりすぎる。

梨鈴の場合、途中で飽きてしまいそうだ。

あと気軽にプレイできるネトゲだからこそ、簡単にフレンドとの縁が切れてしまうこともある。数年以上の付き合いが続くこと自体が意外と珍しい。

それならすでに仲のいい凛香《りんか》と梨鈴が一緒にネトゲをし、楽しく遊ぶことによって仲直り、さらには梨鈴がネトゲの魅力を知って凛香の考え方を受け入れられるようになる……。

現状、思いついた限りでは最善の解決策に思えた。

「でもなぁ三人でネトゲをするにしても、梨鈴は凛香としたがらないし……そもそもアカウント停止になってるし……ッ！」

いっそ時間が解決してくれるのを待つか？……ダメだな。嫌な予感がする。

ついさっき見た凛香の疲れた表情を思い出した。

今の凛香に負担をかけてはダメだ。逆に負担を減らしていかなくては。

ただでさえアイドル活動で忙しそうにしているのに。

「俺にできること……俺にできることは……！」

必死に考えてみるが、解決策を実行する手段が思いつかない。

インターホンの鳴る音で思考が中断される。来客だ。

俺は急いで玄関に向かいドアを開ける。そこにいたのは、困り顔の香澄《かすみ》さんだ。

なぜ困り顔？　その理由もすぐに分かった。香澄さんの隣には――――。

「ぐすっ、ひぐっ……ぅぅっ。ずひっ……かずとお兄ちゃん……！」

涙をぽろぽろこぼし、鼻水をすする乃々愛《ののあ》ちゃんがいた。

☆

よほど長い時間泣いていたのか、目が充血しているし、頬が涙でテカっている。

今もぐすぐすと泣き続けている乃々愛ちゃんは、小さな両手で自分の目から溢《あふ》れる涙を拭い続けていた。

「あの、香澄さん。これは一体……？」

「あはは……。どうにも乃々愛、和斗《かずと》くんがいなくて……ね」

「寂しくて泣いていると？」

香澄さんは乃々愛ちゃんの頭を撫《な》でながら頷《うなず》く。なんてことだ。

「嫌いって言ったことも気にしてるみたいでねー。それでついに今日、色々我慢できなくなって泣いちゃった」

「そうだったんですか……」

未《いま》だに泣き続けている乃々愛ちゃんを見て、胸がキュッと切なく締め付けられた。

「急に来てごめんね和斗くん。乃々愛を連れていくって、ちょっと前に二人に連絡したんだけど……」

二人とは俺と凛香のことか。スマホを取り出しチェックすると、香澄さんの言う通り連絡が来ていた。梨鈴と凛香のことでスマホに気が回っていなかったな。

おそらく凛香も同じような理由でチェックできていない。

「うぅ……ひぐっ、ずひっ……かずとお兄ちゃん……！」

もう我慢できないとばかりに、乃々愛ちゃんが俺の右脚にギュッと抱きついてくる。

コアラみたいだ。思わず頭をなでなでしてしまう。

泣いて体温が高くなっているのか、手の平に熱を感じた。……本当に良くないことだけど、俺がいなくて寂しさのあまりに泣いている乃々愛ちゃんに愛《いと》おしさを感じた。

「悪いんだけどさ、しばらく乃々愛の面倒を見てくれないかな？」

「それって、この家に泊めるってことですか？」

「うん。凛香もいるし……あと梨鈴ちゃんもいるんだっけ？　乃々愛にとって最高の環境でしょ」

その言い方から察するに、梨鈴と乃々愛ちゃんは仲が良いのだろうか。

「いやー和斗ボーイの妹が、まさか梨鈴ちゃんだったとはねー。……世界って狭いね」

「そうですね……」

お互いにしみじみと呟《つぶや》く。でもネトゲの嫁が人気アイドルだったのだ、義妹が人気アイドルでもおかしくない……か？

「ねえ和斗、誰が来て――――あら、お姉ちゃんじゃないの。それに乃々愛まで」

後ろから凛香に話しかけられる。俺たちの話し声に釣られてやってきたらしい。

「今日から乃々愛ちゃんも泊まることになったから」

「そう……。和斗が恋しくて、泣きながら来てしまったのね……共感できるわ」

俺の右脚にしがみつき泣いている乃々愛ちゃんを見て、察した様子の凛香が納得したようにうんうんと頷く。……どこで共感しているんだ。

「あ、私も泊まろっかな～。和斗ボーイのハーレムに参戦しちゃう？」

「勘弁してください、後ろから殺意を感じるので」

ハーレムという言葉に反応したらしい凛香が、恐ろしい目つきで俺の後頭部を睨んでいるのが勘で分かった。見なくても分かるのだ……悲しいことに！

「冗談だって凛香。だからそんな人殺しみたいな目をしないで……。ほら、これ、乃々愛のお泊まりセット」

「いくらお姉ちゃんとはいえ、私の夫に手を出せば承知しないわ……たとえ冗談だったとしてもね」

バッグを受け取りながら静かな口調で言う凛香に、香澄さんは冷や汗を流しながら「あはは」と困ったように笑った。率直に言って怖い。女の独占欲というものを見てしまった。

そうして香澄さんは逃げるようにして車に乗り込んで去っていく。

この場に残されたのは俺と凛香、そして泣きながら俺の右脚にしがみつく乃々愛ちゃん。

さて、どうしたものか……。

「乃々愛ちゃん？　家に帰って、ごめんね」

優しく声をかけながら頭を撫でる。乃々愛ちゃんは頭を上げなかったが、本当に小さな声で「……いいよ」と言ってくれた。

「じーっ」

「凛香？」

「やはり最大のライバルは妹かしら。難しいところね……！」

何に悩んでいるのか。凛香は難しそうな顔をして乃々愛ちゃんを見つめた。

いや単純に可愛いと思っているだけからな？

「かずとお兄ちゃん……だっこ」

「はいよ」

泣き続けたせいでかれてしまった小さな声。そんな声でお願いされては断れない。

小さくばんざいをした乃々愛ちゃんを抱っこする。すぐに俺の首に細い両腕が巻かれた。

「……の、乃々愛ちゃんの声が……乃々愛ちゃんの声がした……！」

バタバタと慌ただしい足音が階段の方から近づいてきたかと思えば、なにやら興奮した
梨鈴がこの場に出現した。すごい勢いで駆け寄ってきたぞ……。まるで昆虫さながら。

ていうか二階の自室にいながら乃々愛ちゃんの声を聞いたのか？

「……あ、凛香さんも……」

「梨鈴……」

目を合わせた二人は気まずそうに顔を背けた。というより、事実気まずい。

重い空気が流れそうになるが、梨鈴の視線が乃々愛ちゃんを捉えたことで明るくなる。

「……あ、乃々愛ちゃん……本当に乃々愛ちゃんがいる……でへへ」

「犯罪者みたいな目つきやめろよ。乃々愛ちゃんが怯《おび》えるじゃないか」

梨鈴が欲望に満ちた汚い笑い方をしたので警戒心を強める。乃々愛ちゃんが危険だ！

「……の、乃々愛ちゃん……。私に、会いに来てくれたの……？」

「んぅ？　ちがう」

「…………つ、つんでれ？」

「梨鈴、諦めた方がいいぞ。乃々愛ちゃんは俺に会いに来たんだから」

「……私も、乃々愛ちゃんを抱っこ、したい。私、乃々愛ちゃんと、仲良し」

ロボットみたいに片言で喋《しゃべ》って強調するが――――。

「今は、かずとお兄ちゃんがいい」

乃々愛ちゃんは俺の胸に顔を埋《うず》めてしまう。

梨鈴は全身をプルプルと震わせ、じわっと両目から涙を溢れさせた。

「……い、いつもなら……抱っこ、させてくれるのに……。ほっぺすりすりも、させてくれるのに……！」

「なあ凛香。梨鈴って、乃々愛ちゃんのことが大好きなのか？　それもちょっとヤバいくらいに」

「ええ、とても大好きよ。ヤバいかはともかく、昔から乃々愛に良くしてくれているわ」

「そ、そうか。でも梨鈴の言動から少し犯罪臭がするんだけど……？」

「え？　普通でしょ？」

「愛の基準が狂っている……ッ！」

不思議そうにキョトンとする凛香だが、こと愛に関しては並の感覚ではなかった。

「……乃々愛ちゃん……私が抱っこしてあげる……ッ」

「やっ。かずとお兄ちゃんがいい」

「……ちっ……忌々しい……お兄が忌々しい……ッ！」

呪詛《じゅそ》を唱えるように呟き、俺を睨《にら》む梨鈴《りすず》。怖い怖い!!

ビビっていると、今度は不満そうな顔をした凛香が――。

「和斗。妹を可愛《かわい》がってくれるのはとても嬉《うれ》しいわ。……けれど、大切な妻をほったらかしにするのはどうかしら。ほら、ここに寂しくしている妻がいるわよ?」

と言いながら俺の腕をツンツンとしてきた。心臓がドキッとするくらい可愛い。

しかし俺は泣いている乃々愛ちゃんを抱っこ中……。

「ごめん乃々愛ちゃん。下ろしてもいい?」

「……ぐすっ……かずとお兄ちゃん、わたしのこと……嫌いになったの?」

「なっていないよ! 全くなってないよ! 乃々愛ちゃんのこと、大好きだから!」

「ひぐっ……ぐすっ、んっ」

納得してくれたらしく、大泣き寸前の顔をしていたが落ち着いてくれる。

ただし落ち着きを失う女性(人気アイドル)が二人いた。

「だ、大好き……ですって? やはり和斗はロリコン……妻よりも幼女を……ッ!」

「……お、お兄を消せば、乃々愛ちゃんの視線を独り占めに……くくっ」

嫉妬心を全開にして震える凛香と、小悪党みたいな笑いを漏らす梨鈴……。

なんか色々ヤバそうだな。くそ、どんどん状況が複雑になっていく――!

☆

就寝時間ということで俺は自室に戻ったのだが、当然のように一人の幼女がトコトコついてきた。釣られるようにして二人の人気アイドルまでやってくる。

俺の部屋に四人が集結することになった。一見ハーレムだが、その中身は地獄。

唯一の癒しは感情豊かな可愛らしい天使だけだ……。

「かずとお兄ちゃんと寝るー」

「そっかそっか、一緒に寝ようねー」

「もはや喋り方が孫を可愛がるおじいちゃんね……」

微笑《ほほえ》ましく思いながら乃々愛ちゃんの頭を撫でると、それを見ていた凛香《りんか》が少しだけ引いていた。どうして……？

「……私も、乃々愛ちゃんと寝たいのに……！」

「本当に乃々愛ちゃんが好きなんだな」

「……当然っ。好きに理由はない。ただただ、乃々愛ちゃんが好き。……何より私は、私よりも小さい存在が好き。私が常に主導権を握れるから」

「………………」

平然と言ってのける梨鈴に少しだけ危険な雰囲気を感じた。

いくらなんでも乃々愛《ののあ》ちゃんを傷つけるようなことはしないと思うけど……。

「かずとお兄ちゃん、パジャマに着替えさせてー」

「そ、それは……」

「ダメなの？」

うるうるとした大きな瞳で天使が見上げてくる。これまで蓄積された寂しさを解放するかのような子供らしいわがまま。この可愛さは反則だ。

「……私が、着替えさせる」

「いや梨鈴がするくらいなら俺が……！」

「……私に任せてほしい。私は、乃々愛ちゃんのオムツも替えたこともある」

「うそだ！　それはさすがにうそだ！」

「姉の私は替えたことがあるわ。つまり経験があるということ……だから安心して和斗《かずと》」

「何に!?　そしてなぜ俺の下半身を見つめるの!?」

「かずとお兄ちゃん、はやくー」

「……の、乃々愛ちゃん……私が……ぐゅへへへ」

――――カ、カオスすぎるッ!!

何かを想像しながら俺の下半身を見つめる凛香（性的な意味ではない）と、お着替えを俺にせがむ乃々愛ちゃん。そして犯罪者みたいな笑みを漏らして乃々愛ちゃんににじり寄る梨鈴……！　人気アイドルは変わり者というお決まりでもあるのか!?

もうだめだ、これは――――！

「乃々愛ちゃん！　凛香に着替えさせてもらって！　そのまま凛香と寝るんだ！」

「かずとお兄ちゃんがいい。着替えさせてー」

「妻の私ですら着替えさせてもらったことがないのに………！」

「お願いだ乃々愛ちゃん！　俺を助けると思って！」

ここにきて凛香が嫉妬の視線を浴びせてきた。

俺の必死の思いが通じたのか、乃々愛ちゃんは渋々といった様子で「……いいよ」と返事をしてくれた。

こうして凛香と乃々愛ちゃんは一緒に出ていき、梨鈴も時間を置いて出ていった。

「はぁ……色々と大変すぎる」

凛香と梨鈴が気まずい空気になっているだけでも胃がキリキリしているのに、乃々愛ちゃんが乱入して更なる騒ぎだ。

ともかく今日一日は無事に終えることができた。

部屋の照明を落とした俺はベッドに潜り込んで目を閉じる。

……明日から、どうしたらいいんだろう。

乃々愛ちゃんが良い風を吹かせ、凛香と梨鈴の仲を好転させてくれたらいいのだが……。

あの二人は決して嫌いあってるわけじゃない。

考えが合わなくて衝突し、そのことをお互いに気まずく思っているだけなんだ。

そんなことを考え、どれほど時間が経過したのか。

ウトウトし始めた時――ガチャッとドアが開かれる音を耳にした。

気怠《けだる》く体を起こし、目を擦《こす》りながら尋ねる。

「誰？」

「かずとお兄ちゃん……」

「乃々愛ちゃん？　どうしたの？」

照明のリモコンを操作し、薄暗い方の明かりをつける。

水玉の可愛らしいパジャマを着た乃々愛ちゃんが、ピンク色の枕を持って俺のそばに歩み寄ってきた。その表情は恥ずかしそうにしているものの後ろめたさもあるようで、俺の顔から床に視線を逸《そ》らした。

「えとね、一緒に寝たくて……」

「そっか……じゃあ、おいで」

「うんー」

今から追い返すのも酷だと思い、素直に受け入れる。それに梨鈴のことをちょっと思い出していた。寂しくて甘えたがる、誰だって一度はする行動を拒絶するのは良くない。

俺の隣に乃々愛ちゃんが潜り込んだのを確認し、再び部屋の照明を消して真っ暗にする。

「かずとお兄ちゃん……わがまま言ってごめんなさい……」

「全然いいよ、気にしないで」

「んぅ……」

乃々愛ちゃんの口から弱気な声が発せられた。意外と自分の言動を気にしている。

「えと、あのね、かずとお兄ちゃん」

「なに？　なんでも言っていいよ」

雰囲気から何かをお願いしたいのだと察する。

「頭、なでなでしてー」

「もちろんいいよ」

可愛らしいお願いだ。暗闇の中、上体を起こして乃々愛ちゃんの頭を優しくなでなでする。俺の手に集中しているのか、乃々愛ちゃんは何も言うことはなかった。

そうして時間が経過し、再び眠気が襲ってくる。

心地よさそうな寝息が真横から聞こえることから、乃々愛ちゃんはすでに寝たようだ。

俺も夢の世界に旅立つため目を閉じるが——またしてもガチャッと聞こえた。

また誰か来たのか……。枕辺りに置いていた照明のリモコンを手にする。

そして明かりをつけると、すぐそこに凛香が立っていた——！

それも真顔。天井を背景に、長髪を垂らした凛香の真顔が見える。ホラー映画ですか？

「あの……凛香さん？」

「私も……和斗と寝たい……。夫の体温を感じながら……一晩を過ごしたいわ」

「な、なんかその……ごめんなさい」

「私はダメなのに……乃々愛はいいのね」

真顔に加えて淡々とした言い方は、これ以上ないほどの責めを感じた。

「いやその、また問題が違うというか……」

「どういう問題かしら」

「凛香は……とても魅力的だから……色々まずいことになるんだよ」

「魅力的――――ッ。ま、まずいことってなにかしら」

「お、男の……本能、的な？」

「――――！」

前も一度だけ暴走しかけたし、と心の中で言葉を足す。

俺の言葉を理解した凛香は頬を一瞬で赤くさせた。動揺して何度か視線を左右に揺らし、口をモゴモゴさせたかと思いきや、震える声で言う。

「ど、どうしてもと言うなら……構わないわよ。まだ早いとは思うけれど……私たちは、夫婦なんですもの……」

「そ、それは……その……」

構わない、ということは……その、そういうことだ。

意味を理解した瞬間、顔が熱くなる。俺の頬で目玉焼きでも作れるんじゃないか？

「和斗……一緒に、寝ていいかしら」

「ど、どうぞ……」

もう断れる空気じゃなかった。緊張感漂う甘酸っぱい雰囲気……。

もし乃々愛ちゃんがいなかったら――という考えが一瞬だけ脳内に走る。

い、いやいや！　もっと順序というかお付き合いしていく段階が……！

「和斗？　何を顔真っ赤にしているのかしら」

「な、なんでもない……ですっ」

「そう……。それじゃあ電気、消していいわよ」

「は、はい……」

乃々愛ちゃんを起こさないよう静かにベッドに上がる凛香。俺はリモコンを操作して電気を消す。今、俺たち三人で一人用のベッドで寝ている。当然だが狭い。一応俺は壁に肩をくっつけるくらい寄っているが、凛香の方は寝返りを打てば落ちてしまうだろう。

俺たちに挟まれている乃々愛ちゃんは、何も知らず気持ちよさそうに寝ている。可愛い。

「ねえ和斗」

「なに？」

「今の状況がとても夫婦らしくて良いわね」

「あ、あー……？」

「私たち夫婦と、そして子供を入れた三人で寝る……まさにそんな状況よね」

今の状況を噛《か》みしめるように、凛香が幸せそうに言った。

子供の名前を合計百個も考えていると言っていたし、やはり子供がいる家庭に憧れているみたいだ。クール系アイドルとはいえ、一般的な家庭を夢見ている。

「落ち着く、心が癒されていくわ。全ての疲労が抜けていくのが分かる……」

その言葉通り、凛香はリラックスし始めたことが分かる深い呼吸を繰り返す。

……凛香の支えになりたいなら一緒に寝た方がいいのだろうか。

理性という俺の問題で、これまで遠ざけてしまっていた。

どんな状況にも耐えられる鋼の精神力が欲しい……ッ！

なんてことを考えていると——またまたガチャッと聞こえた。

………………………もう明かりをつける必要すらない。

「おい梨鈴《りすず》」

「……私とは、かぎらない」

「私って言った時点で白状してるんだよな。それに凛香と乃々愛ちゃん、ここにいるし」

「……私だけ……仲間外れ……？　ぐすっ……さむい」

「梨鈴？　こっちへいらっしゃい」

「……凛香《りんか》さん？」

何も見えない真っ暗な部屋。ドアを閉める音が聞こえ、人の気配が近づいてくる。

「……この寂しさ、私のグッズが捨てられる瞬間を見た時くらい寂しい。というより、泣きそうなくらい悲しい」

本当に悲しいなぁそれは！　とにかく、いたたまれない。

「……一人ぼっちだけは、嫌。さむい……。私もベッドに……」

「でも満員で……」

今の梨鈴は本気で寂しがっている。なら俺がベッドから出て――。

「……大丈夫、下がある」

「下？　ベッドの下か？」

「……うん。このベッド、下が広い」

俺が何かを言おうとした直後、ゴソゴソとベッドの下から物の擦れる音が――本当に潜り込んじゃった！　信じられるか？　仮にも梨鈴は人気アイドルグループの一人だぞ？

「梨鈴、俺がベッドから出ていくからさ、そこから出ておいで」

「……いい。暗くて狭いとこ、好き……」

「一人ぼっちは嫌なんだろ？」

「……集団の中で、孤立するのが嫌なだけ……。人の気配を感じられるなら……暗くて狭いとこがいい」

変わったこだわりというか何というか……。でもほんの少しだけ共感できる。

「……それにここなら、乃々愛《ののあ》ちゃんの存在を頭上で感じられる……幸せ……っ」

とんだ変態じゃないか。もう全てにおいて共感できなくなった。

「梨鈴。本気でそこで寝るのね？」

「……うん」

「そう……なら私も寝るわ、ベッドの下で」

「……え？」

凛香は本気らしく、ベッドから降りてしまう。そして潜り込む音が……ッ！

クール系アイドルと呼ばれる国民的美少女が、ベッドの下に潜り込んだ瞬間である。

「……り、凛香さん……ッ！　凛香さんみたいな人が、寝る場所ではない……ッ！」

尊敬している人が来たことに驚きを隠せず、梨鈴は焦りながら追い返そうとする。

しかし凛香は毅然《きぜん》とした態度で言い返した。

「寝る場所は関係ないの。問題は、誰と寝るかよ」

「……さ、さすが凛香さん……ッ！　本質を大切にする考え方、やっぱり素敵」

「………。さすがか？　寝る場所も超重要だと思うんだけど。

「最近の私たち、ぎこちなかったでしょう？　ごめんなさい、私が考え方を押し付けているせいよね」

「……そ、そんなことない……人の考え方はそれぞれ。なのに私は否定している。……それでも、やっぱり……その……」

「何も考えず、今この時を大切にしましょう」

「……凛香さん？」

「また明日から気まずくなるかもしれない。でも今は……今だけは、以前のような仲の良い私たちに戻りましょう。……ダメ、かしら？」

　ある意味で休戦。もちろん梨鈴の返事は――――。

「……ダメ、じゃない……」

「良かったわ」

　凛香の言葉から安堵《あんど》したことが伝わってくる。

　そして何が起きたのか、「……はぅっ！」と梨鈴の悲鳴がベッドの下から聞こえた。

「……り、凛香さん……そんな、ギュッてされたら……！」

「こうしないと私の身が危険なの。だからこうさせて」

「……え、永遠に……お願いします……ッ！」

どうやら凛香は梨鈴を抱きしめているらしい。納得する。梨鈴は恐ろしいくらいに寝相が悪い。ならば寝る前に抱きしめて拘束する……理にかなったやり方だなぁ。

彼女たちは何年も同じグループで活動していたのだ、一緒にお泊まりする機会もあったに違いない。お互いの寝相を知るだけの時間を過ごしているわけだ。

……それにしても、凛香は梨鈴に対してとことん優しい。

ネトゲで結婚＝リアルでも夫婦、この考えを否定されたり、ネトゲを侮られたら怒っていたが、それ以外は面倒見のいい先輩……お姉さんみたいだ。梨鈴が懐くのも理解できる。

凛香には色んな顔があるなーと改めて感じた。俺の中でどんどん魅力が上がっていく。

「でもこの状況は……」

ため息をつきそうになる。人気アイドル二人が、俺のベッドの下で寝ている……。

もう本当に意味が分からない。

「ちょっ……梨鈴っ……やっ、どこ触って——あんっ」

……………ほんと、なにをしてるんだよ。

☆

四人で翌朝を迎える。カーテンの隙間から差し込む朝日が、部屋内に舞う埃《ほこり》を照らして輝かせていた。体を起こしてグーッと両腕を天井に伸ばし、眠気を飛ばす。

すぐ隣にいる乃々愛ちゃんは気持ちよさそうな寝顔を浮かべ、むにゃむにゃと口を動かしていた。……可愛《かわい》い。

ドンッ!!　唐突にベッドの下から衝撃音が鳴る。突き上げられたかのようだ。

——あ、そういえば。

「う、うぅ……いた……痛いわね」

「凛香？」

「思いっきり頭をぶつけてしまったわ……くぅ……っ」

凛香の痛みに悶《もだ》える声は初めて聞いた気がする。心配する気持ちはもちろんあるが、ちょっとした新鮮さも感じた。ドジっ子みたいな感じもして可愛い。

ゴソゴソと衣擦《きぬず》れの音を出しながら、長髪の美少女がベッドの下から這《は》い出てくる。

ほんと不思議な気分だ。俺の彼女でもある人気アイドルが、俺のベッドの下から出てくるなんてな……。こんな光景を目にしたことがある人間は俺だけに違いない。

続いて梨鈴も起きたらしく、ずりずりと這い出てくる。

「……快眠……目覚め最高」

「さすがね梨鈴……。私は体が痛いわ」

「……私、すごい？　びゅひゅひゅひゅひゅ」

……………どんな笑い方だよ。

☆

支度を終えた凛香と梨鈴は慌ただしく一緒にでかけた。アイドル活動だ。気まずいながらも仕事関係になると上手《うま》くやるらしい。それがプロとしての意識なのだろうか。もしくはベッドの下で共に一夜を過ごし、お互いを受け入れることができたとか……？

二人を見送った後、乃々愛ちゃんを起こして朝ご飯を食べてもらう。それから部屋着に着替えてもらい、まだ終わっていない夏休みの宿題を一緒に進める……。

そんなこんなで昼を迎え、昼食を済ませた。

「かずとお兄ちゃん、あそぼ！」

昼食以降は自由時間と決めていたので、早速とばかりに俺の腕を引っ張ってきた。

「いいよ。何して遊ぶ？」

「んーとね、ネトゲがしたい！」

「よし！　やろうか！」

子供と同レベルのハイテンションになる俺（高校二年生）。

乃々愛ちゃんと競争するように階段を駆け上がり、俺の部屋に突入する。

すぐにパソコンを起動してネトゲを開始だ！　楽しそうな笑みを浮かべる乃々愛ちゃんに椅子に座ってもらい、【黒い平原】を立ち上げる。

「乃々愛ちゃん。ＩＤとパスワードは覚えてる？」

「なにそれ……？」

「だよな……。いや待てよ、確か……」

俺はスマホを取り出し、リンとのトークルームを確認する。

今朝、凛香からＩＤとパスワードを教えてもらったのだ。乃々愛ちゃんがネトゲをしたくなった時、いつでもできるようにと。俺の彼女は気が回る。

トークルームに表示されているＩＤとパスワードを打ち込み、乃々愛ちゃんのアカウントにログインする。その中に以前乃々愛ちゃんが作った【ノノア】があった。

早速ゲームをスタートした。といっても、俺は乃々愛ちゃんが遊ぶのを見ているだけ。とくに変わったことは起きない。

それでも乃々愛ちゃんがモンスターと戦う時に「えい！　えい！」と可愛く声を出すのが最高に良かった。他にも綺麗《きれい》な空や海を見て「わーっ」と感激したようにキラキラと目を輝かせたり……。気持ちよすぎるくらいの反応を見せてくれる。

どうやら乃々愛ちゃんは久しぶりにネトゲをするみたいだった。

俺が水樹《みずき》家にいた時も外で遊ぶことが多かったしな……。

「ねね、かずとお兄ちゃん。船でね、海に行けないの？」

「行けるよ」

「ほんと？　いきたい！」

「ごめん、船を手に入れるのって大変なんだ。それに海では海賊も現れるから……」

「んぅ……海、いけないの？」

画面内に映る海を見つめ、悲しそうに言う乃々愛ちゃんに俺は頷《うなず》く。こればっかりは仕方ない。けど海に行くのも結構楽しいんだよなぁ。色んな魚が釣れるし。

あと、仲間と協力して海賊と戦うのも熱い。

海から離れたノノアは広大な世界を自由に歩き回る。大草原の中、ポッカリ空いた大きな穴に辿《たど》り着いた。ダンジョンである。

「かずとお兄ちゃん、ここは？」

「ダンジョンだよ。乃々愛ちゃん一人だとかなり辛《つら》いかも……。仲間と協力して潜る場所だから」

「そうなんだ……。一人って、できること少ないね」

一応【黒い平原】は一人でも楽しめるような設計にはなっている。

だが仲間と遊んだ方が楽しめるコンテンツがあるのも事実。

あらゆる障害を乗り越えたり協力したりすることで絆《きずな》が深まることも多い。

俺も実際に色んな出会いを体験したものだ。

中には一生忘れられないようなドラマもあったなぁ。

「そうだ。乃々愛ちゃんに是非ともやってほしいことがあるんだ！　絶対に楽しいよ」

「やりたい！」

俺は乃々愛ちゃんに指示を出してとある場所に移動してもらう。

そう——採掘場だ。

「えとね、乃々愛ちゃん。つるはしを装備して……そうそう、そこでクリックしてカンカンするんだ」

「…………」

「ね、楽しいでしょ？」

「…………う、うん」

「…………？」

なんか微妙な反応だな。乃々愛ちゃんは笑うこともせず、眉をひそめてクリックしているだけ……。そうだよな、まだ始めたばかり。

もっとしてみないと採掘の楽しさは伝わらないか！

一時間後。

「どう乃々愛《ののあ》ちゃん？　楽しいでしょ」

「…………」

「乃々愛ちゃん？」

「え、えとね、かずとお兄ちゃん。わたし、他のこと――」

「あ、見て！　竜石が出てきた！　これ、レア度が高くて中々出ないんだよ。すごいなぁ乃々愛ちゃん」

「う、うん…………」

二時間後。

「いやー採掘は飽きないなぁ。見ているだけでも楽しい。ね、乃々愛ちゃん」

「ひぐっ……ぐすっ……ぅぅ」

「え!?　乃々愛ちゃん!?」

泣くのを懸命に堪《こら》えているのか、顔をぐしゃぐしゃに歪《ゆが》めて唇を噛《か》みしめていた。

想定外の天使のリアクションにサッと血の気が引き、水を浴びたような寒さを感じる。

動揺する俺に対し、乃々愛ちゃんはまるで拷問を受けている囚人が許しを請うような、そんな情けない喋《しゃべ》り方で――。

「か、かずとお兄ちゃん……ぐすっ……もうわがまま言わないから……許して……カンカン、やだぁ……！」

「――――ッ！」

俺は今日、理解した。

自分が楽しめるからと言って、他の人も楽しめるとは限らないと。

そう知識としては知っていたが、理解していなかった。

高校二年生にして、俺は魂に刻まれるほど理解した。

天使に――採掘は似合わない。

採掘は、所詮人間が楽しむものだったのだ――。

☆

晩になる頃には梨《り》鈴《すず》と凛《りん》香《か》は帰ってきていた。なんとなく二人の間に距離感があるように見え、少し気まずそうに避け合っていた。昨晩は仲良さそうにベッドの下にいたのに……。

晩飯の時間が近づき、俺と乃々愛ちゃんはリビングのソファに座りながらスマホでスター☆まいんずの動画を鑑賞する。キッチンの方では髪型をポニーテールにした凛香が、エプロンを着けて料理をしていた。梨鈴は……自室にこもっているんだろうな。

「凛香お姉ちゃん、すごーい！」

「そうだねぇ」

「奈々《なな》お姉ちゃんも可愛いね！」

ダンス中の二人を見て乃々愛ちゃんは目を輝かせながら言う。純粋無垢《じゅんすいむく》な雰囲気。

この調子だと乃々愛ちゃんは本気でアイドルを目指すかもしれない。

「……の、乃々愛ちゃん……誰が、一番好き？」

「うぉっ、梨鈴……。いたのか」

背後に梨鈴が立っていた。ソファ越しに、俺たちのスマホを覗《のぞ》き込んでいる。

暗殺者みたいに気配を殺して近づいてくるなよ……。

「んーとね、みんな一番好きー」

「……甘い、甘いよ乃々愛ちゃん……。大人になると、何が一番大切か……選ばされる瞬間が来る……。その時の練習として、今選んで」

「んぅ……」

「乃々愛ちゃんを困らせるなよ……」

本気で困ってしまった幼女は、口をへの字に曲げて画面とにらめっこする。

それでも答えは変わらなかった。

「みんな可愛《かわい》くて、みんな一番に好きー」

「……戦争だ」

「は？」

「……私如《ごと》きが、凛香さんたちに勝てるとは思えない……。でも、乃々愛ちゃんの一番になりたい…………！」

なにやら情熱を燃やした梨鈴はリビングから出ていく。自分の部屋に向かったのか、慌ただしい足音が階段の方から聞こえてきた。何をするつもりなんだ。

期待半分、怖さ半分で待つ。三分もしないうちに梨鈴が戻ってきた。

……服装が変わっていた。銀色の仮面をつけているし、全身を隠す大きな黒マントを羽織っていた。中二病全開。お、おいおい……やっぱりガチじゃないか。

「わー！　梨鈴お姉ちゃんカッコいい！」

「……くくく、勝った」

嬉《うれ》しそうにパチパチと手を叩《たた》く乃々愛ちゃんを見た梨鈴は誇らしげに笑った。

なんだこの二人は。確かに仲は良さそうであるけども。

「なあ梨鈴、やっぱり――」

「……中二病じゃない」

「でもそれは――」

「……中二病じゃない」

「……」

「……中二病じゃない。これは、乃々愛ちゃんのため」

「ほんとかよ……」

随分着慣れているようにも見えるんだけどな。服を持っている時点で確定だろ。

「ねね、梨鈴お姉ちゃん！　なんか言ってー」

「……くく、我のすさんだ心を癒してくれる小さな天使のためなら……っ！」

なんかよく分からない前置きをした梨鈴は、バサッとマントを勢いよくはためかせ、普段の子供声からかけ離れた力強くも綺麗な声で言い放つ。

「――我に生みの親などいない。なぜなら闇より生まれし孤独を宿命づけられた存在だから……ッ！」

「わー！　よくわかんないけどカッコいい！」

よく分かんないって言われてるじゃん。

心の中でツッコミを入れるが、梨鈴は乃々愛ちゃんに喜んでもらえて満足らしい。

仮面で顔は見えないけど荒い鼻息だけは聞こえる。

「随分サラッと出たな、そのセリフ。普段から考えているだろ」

「……考えてない。今、思いついた」

「すぐ思いつくってことは、普段から考えているんじゃないか？」

「……お兄のいじわる……」

拗《す》ねた様子の梨鈴が仮面を外し、ペッと俺に投げつけてきた。ポコンと柔らかい衝撃で頭にぶつかる。材質は軽いプラスチックらしくて全く痛くない。

「ご飯できたわよ。こっちへいらっしゃい」

優しい声が俺たちの耳に届く。凛香がリビングにやってきて俺たちを呼んでいた。

「……家庭的な凛香さん……好き」

ポニーテールにエプロンという凛香の姿を見て梨鈴がウットリとする。

そこまで好きなのに、譲れない考え方一つで気まずくなっちゃうんだよな……。

でも今は、もしかしたら――――。

「凛香お姉ちゃん、お母さんみたいだねー」

「お母さん……そうね、今の役割だとあながち間違いではないわ。そもそも和斗《かずと》の妻なんですもの」

「……っ」

俺は横目で梨鈴が顔をしかめるのを確認した。やはりダメか……。

☆

清々《すがすが》しいほどの晴天。強烈な熱を放つ太陽は地上にいる俺たちを焼き殺すつもりなのだろうか。そんなくだらないことを考えてしまうほど夏の太陽は恐ろしく熱い。もしネトゲのダンジョンなら一定時間毎《ごと》にＨＰが削られていくことだろう。

だが、それだけ暑いからこそ楽しめる娯楽がある。

――――プールだ。

「えーい！　凛ちゃん！」

「ちょっと奈々！　やめて――――仕返しよ！」

「きゃっ！　冷たいっ！」

「かずとお兄ちゃん。プールって気持ちいいねー」

「そうだねぇ……」

俺たち四人は都内の大型プールに来ていた。あらゆる種類のプールが用意されていて、室内プールもある。他には飲食が可能な建物も……。

俺は初めて友達とプールに来たが、想像以上の人の多さにエネルギーを激しく消耗している。現在、流れるプールにて浮き輪に乗り、ぷかぷかと流されながら真っ青な空を眺め

ていた。流れるプールが一番空《す》いているのでゆっくりできる。

…………あぁ、ひんやりした水が気持ちいい。

すぐ隣には同じく浮き輪で流される乃々愛ちゃんの姿も——流されながらグルングルン回って水を跳ね散らしながら遊んでいる。元気だなぁ。

着ている水着がワンピースのスクール水着なので、より元気な少女という印象が強い。

「ちょっと凛ちゃん！　やりすぎだよ！　鼻の中に水が入って……！」

「先に仕掛けたのは奈々の方でしょう？　遠慮しないわ」

「そんな……っ！　助けてカズくん！」

…………。

プールの流れに乗りながら二人はノリノリで楽しそうに水をかけ合って遊んでいる。

俺は呆《あき》れながらも空から二人に視線を移し、ボーッと眺めた。

水を多分に含みしっとりとした二人の髪の毛は、太陽に照らされ眩《まばゆ》い光を散らす。二人が動くたびに髪先からしずくが垂れ落ち、首から胸にかけてツーッと垂れていった。

水面から露出した上半身も濡《ぬ》れて陽光を反射しており、水泳の授業で焼けた健康的な肌を遠慮なく周囲に晒《さら》している。

「もう！　凛ちゃん！　水着が流されちゃったよ！」

怒りながら両手で自分の胸を隠すも——。

「あら、水着は下だけでしょう？　最初から胸は隠していないわ」

「あはは、そうだったね」

――――ッ！　我慢の限界だ……‼

「い、いい加減にしろよお前ら！」

「「え――――」」

動きを止め、こちらに振り返った二人――橘《たちばな》と斎藤《さいとう》が、キョトンとした表情を浮かべた。

そう、俺は凜香、奈々《なな》とプールに来ていない。彼らと来ていた………！

「え、じゃないだろ！　凜香と奈々をバカにしてるのか⁉」

「けっ、何を怒ってんだよ綾小路《あやのこうじ》。俺たちの親切心が分かんねえか？」

「は？」

「そうだよ綾小路くん。僕たちはね、君のことを思って演技をしていたんだよ」

親切心を無下にされた。そう言いたげに彼らは首を横に振った。なんだこいつら。

ちなみに橘が凜香のフリをして、斎藤が奈々のフリをしていた。意外とセリフだけはクオリティが高く、本人が言いそうな感じはあった（水着が流されちゃったよ！　以降のセリフは最悪だが……！）。文字だけで見れば多くの人が騙《だま》されたに違いない。

「綾小路の本音は、彼女たちとプールに行きてぇ……そうだろ？」

「ま、まあ……」

「しかし！　立場がそれを許さねえ！」

「そこで僕たちが一肌脱いだわけさ！　もっとも、脱いだのは服だけどね！」

「やかましい！　全然上手《うま》くないし！」

どうして斎藤はドヤ顔を披露できるのだろうか。不思議で仕方ない。

「落ち着きなよ綾小路くん。ひと時でも彼女たちと遊んでいる気分を味わえたでしょ？」

「ああ、地獄にいる気分を味わったよ……！」

誰がどう考えてもただの悪ノリじゃないか。

ただまあ、呆れながらも楽しい気分になっていたりする。

こういうのも気心の知れた関係だからこそ、だよな。彼らとプールに来て良かったと思う。夏休み前からプールに行く約束をしていたので、乃々愛《ののあ》ちゃんを連れて遊びに来たのだ。本音を言うならば凛香《りんか》と奈々、そして梨鈴《りすず》も一緒に来てほしかったが……。

忙しい彼女たちとは中々予定が合わない。仮に合ったとしても、騒ぎになるので一緒に来ることは無理だ。人気アイドルたちと遊ぶのは大変だよな……。

「見て見てー！」

声がした方に顔を向けると、乃々愛ちゃんが浮き輪の穴からぴょこんと飛び出す。

もぐら叩きみたいだ。無邪気で可愛い……。

この可愛らしさは周囲にも伝播《でんぱ》する。流れに身を任せて歩いていく若いカップルが微笑《ほほえ》ましそうに乃々愛ちゃんを見ていた。そして橘と斎藤にも——。

「か、可愛すぎるぜ乃々愛ちゃん！　天使かよ！」

「僕の計算によると、乃々愛ちゃんが可愛い確率は——ダメだ、計算できない！」

変態っぽいがその気持ちはよく分かる。俺も同じようなリアクションをしているし。

「くそ！　俺としたことが本来の目的を忘れていたぜ！」

「本来の目的？」

「おうよ！　可愛い女の子を眺めることだ！」

そう言うと橘は血走った眼《め》で周囲をギョロギョロと見回す。圧倒的不審者だ。

今日明日には逮捕されてもおかしくない。

「おい見ろ斎藤！　あの子、胸でけぇ！」

「な、なんてことだ……！　裸眼の僕には……ボンヤリして見えないッ!!」

友達だが率直に思う。アホだと。

でもこういう欲望に一直線なところを除けば良い友達なんだよなぁ。

「ちっ。眺めるだけじゃ満足できないぜ！　女の子たちから誘われねえかなぁ！」

「僕の計算によると、僕たちが逆ナンされる確率は96%。待っていればいいさ」

「それ、されない方の確率だろ……」

イケてる要素がない俺たち三人組が逆ナンされるわけがない。

もしいたとしたら、それは美人局《つつもたせ》的な奴《やつ》だ。

「ねね、かずとお兄ちゃん。何の話をしてるの？」

「気にしないでね乃々愛ちゃん。彼ら、ちょっとした病気にかかっているんだ」

「病院に行く……？」

「それがね、病院に行っても治せないんだ」

「んぅ……かわいそう……」

乃々愛ちゃんは悲しげな瞳で興奮している橘と斎藤を見つめる。

幼女から本気で哀れに思われる男子高校生二人がいた。

彼らは俺の唯一の友達なのに……。

「よっしゃ！　俺ら、逆ナン待ちで暇そうに歩いてくるわ」

「やめておけよ。時間を無駄にするぞ」

「やってみないと分かんねーだろうが！」

「それなら自分から声をかければいいじゃないか」

「バカ野郎！　それができる勇気があれば苦労しねえ！　このバカ野郎が！」

「……なんで俺が怒られてるの？」

お互いの顔を見合わせ、力強く「うん」と頷《うなず》き合った橘と斎藤がプールから上がり、歩いていこうとする。その二人を見た乃々愛ちゃんが首を傾《かし》げた。

「どこに行くの？」

「戦場だ」

「戦場？」

「止めてくれるなよ、天使（キリッ）」

きざったらしい笑みを浮かべる橘。普通の人間ならドン引きするが、天使乃々愛ちゃんは違う。純粋な気持ちから浮かべる心配そうな表情で、橘に言った。

「えと……けが、しないでね」

「――――っ」

衝撃を受けたらしい橘は苦しそうに胸を押さえ、その場に片膝をついた。

「くっ、無垢《むく》すぎる……！　俺、死んで心を浄化した方がいい気がしてきた……！」

「大丈夫だよ橘くん！　君の心は死んでも汚れたままだ！」

そんなアホなやり取りをしながら二人はトボトボと歩いていった。

あれは間違っても逆ナンされないな……。

☆

乃々愛ちゃんと二人きりになり、ぐるぐると流れに身を委ねてプールを楽しむ。ちょっとばかり飽きたのか、乃々愛ちゃんが「あっちのプール行きたい！」と言い始めた。

そのお願いを断る理由は一切なく、俺は乃々愛ちゃんと共に流れるプールから上がり、乃々愛ちゃんが指をさした方向にある――波のプールに向かった。

「わ、可愛《かわい》い！」

「ちっちゃくて可愛いー。天使みたい」

「んぅ？」

突如、大学生くらいの綺麗《きれい》なお姉さん二人組に絡まれた（乃々愛ちゃんが）。

二人のお姉さんは乃々愛ちゃんに目線を合わせるべく屈《かが》んで話しかける。

「君、名前なんていうの？」

「ののあ！」

「乃々愛ちゃんていうんだ～。名前も可愛い～」

元気よく答えた乃々愛ちゃんの頭を、一人のお姉さんが優しくなでなでする。

すごい、逆ナンされているぞ……乃々愛ちゃんが。いや逆ナンとは言わないと思うけど。

二人のお姉さんは乃々愛ちゃんに「可愛い」と嬉《うれ》しそうにやたら連呼している。

乃々愛ちゃんの方も慣れているのか、戸惑う様子を見せることなく明るくニコニコしていた。まあ家族で街とか歩けば、こんな感じで絡まれることも少なくないだろう。

実際、俺と二人で公園に行った時も近所のおばあさんに話しかけられていた。

一方で俺は緊張している。今回絡んできた人たちは、年が近い異性だからだ。

「ねえ、君の名前は？」

「え？」

「君だよ、君」

まさか話しかけられるとは思っていなくて焦る。

声が小さくなるが「えと、和斗《かずと》です……」と答えた。

「そっか、和斗っていうんだ。君もカッコいいね。兄妹揃《きょうだいそろ》って美形なの羨ましい～」

お世辞か？　と思うが純粋に思って言っていそうだった。

でも俺、梨鈴から『女性たちが泣き叫びそうな顔をしてる』と言われたからなぁ。……泣きそうだ。あと普通に兄妹扱いされている。嬉しいので訂正しないでおこう。

「彼女いるの？」

「い、いないです」

咄嗟《とっさ》にうそをついてしまう。人気アイドルと付き合っていることは伏せなくてはいけない。その考えが根付いているせいで出た咄嗟のうそだった。

「もし良かったら、この四人で遊ばない？」

「え――――」

照れ臭そうな笑みを浮かべ、提案してくるお姉さん。

まさかこれは乃々愛ちゃんをダシにした逆ナン——と見せかけた美人局的な奴か？

このお誘いに乗ると、後からムキムキの怖いヤンキーが登場するパターン。

……………だ、誰か……助けて（泣）。

「おーい綾小路！　やっぱダメだった！　あっちのプールに行って遊ぼうぜ！　もちろん乃々愛ちゃんも一緒によ！」

「僕の計算によると、このプールにいる女性たちは男を見る目がない！　計算するまでもないね！」

そう叫びながら近づいてくる彼らを見たお姉さんたちは若干引き笑いをしながら俺に「あの子たち、君の友達？」と尋ねてくる。すぐに「そうです」と頷いた。

お姉さんたちは何やらひそひそとこちらに聞こえない声量で話をし、作戦が整ったように「うん」と頷き合った。

「ごっめーん和斗くん。用事思い出しちゃった」

「あ、そうなんですね」

「じゃ……そういうわけで」

どこか逃げる雰囲気を醸しながら二人のお姉さんはそそくさと去っていく。

「おん？　どした？　あの綺麗なお姉さんたちは何だよ」

「………………助かったよ、ありがとな」

「「は？」」

意味が分からないとばかりに橘《たちばな》と斎藤《さいとう》は首を傾げる。

乃々愛ちゃんも不思議そうに首を傾げていた。

やはり持つべきものは友達だ。

もし彼らが戻ってこなかったら、俺は怖いヤンキーに囲まれていたかもしれない。

……プールって恐ろしい場所だな。

リアルで人が多い場所は危険——今日、俺はそれを学んだ。

☆

夕方。プールから帰ってきた俺と乃々愛ちゃんはリビングで静かな時間を過ごしていた。

まだ凛香と梨鈴は帰ってきていない。夜になるまで帰ってこないだろう。

ソファに座っている俺は、机に向かいせっせとノートに何かを書き込んでいる乃々愛ちゃんに目をやる。絵日記だ。小学生らしい夏休みの宿題だな。

プールで遊んだ後なので疲れているのか、乃々愛ちゃんの頭がこくこくと前後に揺れている。何度も目を擦《こす》っていた。もうじき寝てしまいそうな雰囲気だ。

「ふわぁ……かずとお兄ちゃん……今日、楽しかったね……」

「みんなであそぶの……楽しい……。だからね、梨鈴《りすず》お姉ちゃん、凛香《りんか》お姉ちゃん、かずとお兄ちゃん、わたし……みんなであそびたい……」

「あのね、梨鈴お姉ちゃんと凛香お姉ちゃん、仲良しなのにぎくしゃくしてるから……」

無邪気に過ごしているようで、乃々愛《ののあ》ちゃんも気にしていたらしい。

その上で皆と遊びたい、か……。純粋だなぁ。

……………それが普通なんだ。

いつのまにか俺は、梨鈴にネトゲを認めてもらうことしか考えていなかった。

凛香の考え方に寛容になってもらうため、どうやってネトゲの魅力を知ってもらうか。

そんなふうに考えていた。これでは良い作戦なんて思いつくわけがない。

いや、そもそも作戦なんて必要ない。ただ遊びたい、それだけでいいのだ。

凛香も言っていたじゃないか。俺は普通でいいと。

その意味を、ようやく理解した。

皆と一緒に楽しく遊ぶ。その結果として梨鈴はネトゲの魅力をもっと知り、凛香の考え方にも寛容的になれる……そうなるのが一番だろう。

問題はどうやって梨鈴を誘うか。理想は四人で遊ぶこと。

しかし気まずさを感じている梨鈴に、凛香とのネトゲを強要できない。

なんとか梨鈴からしたいと思わせる流れを作り出す必要がありそうだ。

そのきっかけが何であれ、ネトゲを始めてしまえばこっちのもの。

これに関しては、ちょっとした作戦を考えなくてはいけない。

「そういうの、苦手なんだけどなぁ。う〜ん」

良く言えば器用、悪く言えばズル賢い。そんなやり方というか発想をしなくては。

「……すー……すー」

「乃々愛ちゃん？　寝ちゃったか」

机に突っ伏した乃々愛ちゃんは、気持ちよさそうに寝息を漏らしていた。

微笑《ほほえ》ましく思いながら、こそっと絵日記を覗《のぞ》いてみる。どれどれ……。

「…………」

まさに子供が描いた可愛らしくも上手《うま》くない絵。微笑ましい雰囲気だが、言葉を失う。

そこには恥ずかしそうに胸を隠した斎藤と、あくどい笑みを浮かべた橘が描かれていたのだ――――！

よりにもよって、なぜそのシーンを……ッ！

こんな絵を見せられる先生も可哀想《かわいそう》じゃないか。

ネトゲで皆と楽しく遊びたい。その一心で俺は梨鈴《りすず》の部屋に向かい、ドアをノックする。

数秒の沈黙を経てドアが僅かに開かれ、こちらの様子を窺《うかが》うように梨鈴が隙間から顔を覗かせた。その表情は少し不機嫌。眉根を寄せ、こちらをジッと見上げてくる。

「……お兄？　なに？」

「今から一緒にネトゲをしないか？」

「……凛香《りんか》さんも？」

「うん。乃々愛《ののあ》ちゃんもいる。皆でネトゲをしよう。アカウント停止も解けただろ？」

「……解けたけど、でも……凛香さんと顔を合わせるの、気まずい……」

「大丈夫。凛香は家に帰ったから」

「……え？」

この家にいるのは俺と梨鈴に乃々愛ちゃんの三人。

凛香は自宅のパソコンから【黒い平原】にログインする手筈《てはず》になっている。

乃々愛ちゃんは凛香が以前購入したノートパソコンを使う予定だ。

「ネトゲなら一緒にいなくても遊べるし、実際に顔を合わせる必要はない。ネトゲという世界で、リアルのことは一切気にせず遊べるんだ」

「……そうは言っても、多少リアルのことも気にする……」

　確かに。俺は心の中で納得しながらも思ったことを口にする。

「もちろん無理にとは言わない。今回は本当の意味で純粋に遊ぶだけ……凛香の考え方を受け入れようとか、そういうのは気にしなくていい。皆で遊びたいんだよ、梨鈴も入れて。凛香もその気持ちは同じだ。これを機会に仲直りもしたいんだと思う」

　俺は自分の気持ちを伝えるべく丁寧に語りかける。

　ただ、やはり梨鈴はすんなりと頷《うなず》いてくれなかった。当たり前か。さっきの俺は理想論を語っただけ。そんなことで納得してくれるならとっくにしている。

　梨鈴も凛香が嫌いで断っているのではない。

　単純に気まずい……というシンプルなものだろう。

　気持ちは分からなくもない。しかし、いざ実際に顔を合わせて腹を割って話してみると、案外簡単にわだかまりが解けたりするのも人間関係の一つだ（顔を合わせたことはないが、ネトゲ内で何度か経験したことがある）。

　考え方は人それぞれでも仲良くできる、それは多くの人が潜在的に理解していること。

「……そ、その、ずっと凛香さんの考え方を否定してきて……今更っていうか……」

　俺がいないところでもやり取りがあったのか、梨鈴は床を見つめながらボソボソと喋《しゃべ》る。意地になっている部分もあるかもしれない。

もう一つ、欲望に忠実というか、自分に素直な梨鈴を動かせる何かがあれば――――。

「梨鈴お姉ちゃん、いっしょにゲームしよー」

そう優しい表情で言ったのは乃々愛ちゃん。俺の部屋で待機していたが、頃合いを計りたった今来てくれた。大したことないが、これも俺の作戦。乃々愛ちゃんのことが大好きな梨鈴なら、この誘いを簡単に断れない。つまり、人任せが俺の作戦だ！

「……乃々愛ちゃん……。で、でも私……」

「みんなであそぶと楽しいよ？」

一切打算のない大きくて綺麗《きれい》な瞳に、悩みに悩む梨鈴の顔が映る。

あとちょっとだけ勇気を出すことができれば行ける。

その小さなきっかけを俺が作ればいい。

「ねえ乃々愛ちゃん。今日のネトゲでさ、俺が頑張ったらご褒美でほっぺすりすりしてほしいんだけど」

「いいよっ！」

「……うわぁ……ど変態が目の前にいる……」

目を細め、本気で引いている梨鈴の姿がそこにあった。……泣きそうだ。

当然だが本当にしてほしいわけじゃないし、そんな発想は微塵《みじん》もなかった。

梨鈴が以前言っていたことを思い出し、きっかけ作りのために言っただけのこと。

「……お兄みたいな男に、ほっぺすりすりくらいなら……私にしてほしい」

「いいよっ！　じゃあ梨鈴お姉ちゃんもいっしょにゲームするってことだよね？」

「……そう、なってしまう……くっ……なんか嵌《は》められた気分……」

悔しそうにそう吐き捨てた梨鈴が、ジロッと睨《にら》んできた。

なんのことやら、と伝える意味でそっぽを向く。

乃々愛ちゃんが大好きで、乃々愛ちゃんに関しては俺に対抗心を抱く梨鈴なら……と思ってのことだったが、想像以上に上手くいってしまった。

俺は悪の道にちょっとだけ目覚めたかもしれない。この胸の中が落ち着かないそわそわした感じは、ネトゲをするために初めて学校をズル休みした感覚に似ている。

「じゃあ俺の部屋に行こうか、梨鈴」

「……う、うん……。ノーパソ、持ってくる……」

梨鈴は部屋の中に戻ろうと踵《きびす》を返すが、途中で足を止めて動かなくなった。

どうしたんだろう。不思議に思い声をかけようとした直後、こちらに背中を向けたままの梨鈴が喋りかけてくる。

「……お兄、その……色々、ありがと」

「え？」

「……な、なんでもないっ」

何かを誤魔化すような勢いで言った梨鈴は、部屋の奥に小走りで逃げてしまった。……照れ隠し、かな？

ネトゲでの考え方を否定されながらも、凛香が梨鈴を可愛《かわい》がろうとする気持ちが少しだけ分かった気がした。

☆

凛香が来る前は本やゲームといった娯楽物、衣類が散乱していたが、今はパッと見回す限り普通の男子高校生の部屋になっている。個人的に目を引くのは壁に貼られた凛香のポスターと、パソコン机の脇に鎮座する凛香ちゃん人形の二点だろうか。

部屋の中央に用意したテーブルには、梨鈴と乃々愛ちゃんが向かい合ってノートパソコンを広げている。彼女たちの頭にはマイク付きのヘッドフォンが装着されていた。

幼女の方は天真爛漫《てんしんらんまん》な笑みを浮かべて全身からワクワク感を放っているが、人気アイドルの方は顔を強張《こわば》らせている上に身を守るように縮こまっている。

「梨鈴、大丈夫？　この場に凛香はいないぞ」

「……ポスターの凛香さんが……私を見つめてくる……！」

「……気のせいだそれは」

緊張というかプレッシャーなんだろうか。

凛香の考え方を受け入れたいと、一人でネトゲをしていたようだし。

結果、アカウント停止の処分を食らっていたわけだが……！

俺も準備をするためパソコンの席に着き、パソコンの電源を入れて起動。

すぐに【黒い平原】を立ち上げ、ログインする。

【黒い平原】の中で最も栄えた場所である王都には、多くのプレイヤーが待ち合わせ場所として使用する巨大な噴水広場がある。そこに俺のアバターであるカズが出現した。

俺たちの集合場所でもあるので、移動する手間が省けたな。

パソコン内のアプリ、ゲーム用チャットアプリのボイスチャットルームを確認する。

入室しているのは三人。カズ、ノノア、黒月ルセゼだ。

「おっ」

チャット欄に『リンさんがログインしました』と表示された。

その直後、ピロン♪とボイスチャットルームの入室音が鳴る。リンだ。

「ごめんなさい、遅れてしまったかしら」

「大丈夫だよ。俺たちも今ログインしたところ」

「……あ、あの……凛香さん……そのっ」

「今はリンと呼んで、黒月ルセゼ」

「……あ……うん。リンさん……」

リアルでの気まずさを取り除くため、あえてネトゲ内の名前で呼び合うことにしたらしい。凛香らしい配慮に思えた。

しばらくしてカズの目の前にノノアが現れる。黒いローブを身に纏《まと》った可愛らしい少女だ。リアルの自分に似せたのか、髪型は同じで顔の明るい雰囲気もそっくり。

「わーっ、かずとお兄ちゃん、きらきらしてるー」

俺のアバターであるカズを見て、乃々愛ちゃんが驚きと感動混じりに言う。

カズが装備しているのはスリムな見た目をした白銀の鎧《よろい》。

少なくとも初心者や中堅が手に入れられる装備ではないし、普通の人なら気が遠くなるような作業を経て強化されている。

もしカズの装備品が何かのバグで紛失したら、俺はキーボードを振り回してパソコンを粉砕するくらいの勢いで発狂するかもしれない（たとえ。それくらいは気が動転する）。

『………』

「お、梨鈴か……なぜ噴水の後ろに？」

いきなりチャット欄に『………』と表示されたのでミニマップを確認すると、噴水の裏側に緑の点を見つけた。移動して黒月ルセゼを発見する。

黒い衣類で体を隠した暗殺者の姿だ。それで隠れているつもりなのか？

「お待たせ、これで皆集まったかしら」

凛香の声が聞こえた直後、リンがカズの目の前にやってきた。何度も見てきた金髪エルフの美少女。テキストチャットになると明るい口調になるのが一番の特徴だろうか。

「とりあえず皆をパーティーに招待するよ」

普段は誘われる側の俺だが、今回だけは場を回すポジションになった方がいい。

一人一人にパーティーの申請を送る。リンとノノアはすぐに承諾してくれたが、黒月ルセゼは承諾してくれなかった。

「梨鈴？」

「…………」

振り返り本人の姿を確認するが、マウスを握りしめて動いていない。顔も強張っている。ここにきてまだ躊躇《ためら》っているのか。重症だな……。

顔を合わせなかったら行けると思ったが、簡単ではなかった。

喋ることすら難しいらしく、固く口を閉ざしている。

そんな梨鈴の現状を見抜いたのか、凛香はボイスチャットではなく、テキストチャットを選択した。

『早くパーティーに入ってよ黒月ルセゼ！　ずっと待ってるのに！』

「……えと、え？」

『早く早く～』

笑顔を浮かべてジャンプするリンから送られてきたチャットは、クール系アイドルとは思えない明るい内容だった。キャラの違いに戸惑った梨鈴《りすず》が目を白黒させる。

「……こ、これ……凛香《りんか》さん？　キャラ、違う……」

「あら、いつもの私よ」

「……絶対に、キャラが違う……！」

『そんなことないよ！　普段の私だよ！』

「黒月ルセゼ、変なこと言わないで早く私たちのパーティーに入ってくれるかしら。あなたが最後よ」

『早く黒月ルセゼと遊びたいよ～』

「……わ、わけが分からないぃ……！」

明るいリンとクールな凛香から同時に話しかけられ、梨鈴は混乱して頭を抱える。

もはやいじめだ……。

乃々愛《ののあ》ちゃんの方は「んぅ？」と首を傾《かし》げている。現実を認識できていない反応だった。

リン&凛香の同時攻撃は効果があったのか、チャット欄に『黒月ルセゼさんがパーティーに参加しました』と表示された。

「ねえ黒月ルセゼ。難しいことを考える必要はないの。子供の頃だって、何も考えず、た

だ楽しい気持ちだけで友達と遊んでいたでしょう？」

「……うん。というより、この状況は考えるだけ……混乱する気がする……」

その気持ちはよく分かるぞ、梨鈴……。そういうものだと受け入れるしかない。

「……あまりにも凛香さんがぶっ飛びすぎて、私も色々吹っ切れてきた……。今から本当に、開き直る……」

「それでいいと思うよ」

苦笑い気味な俺の相槌《あいづち》に、梨鈴はコクッと小さく頷《うなず》く。……もしかしたら凛香は、梨鈴がこうなることを計算してリンの方で語り掛けたのでは――――。

『私もギルドに入れて！　カズと黒月ルセゼの二人きりのギルドなんて……許さないんだから！』

というわけでもなさそうだ。良くも悪くもリンの方は自分に素直に動いている。

リンの発言を見た乃々愛ちゃんも気づいたのか、違和感を口にする。

「ねねっ。かずとお兄ちゃんと梨鈴お姉ちゃんの名前の下にある……カラスの止まり木ってなに？」

「それがギルドの名前だよ」

「ギルド？」

「簡単に言うと、仲間ってこと。色んな遊びを一緒に体験するんだよ」

「そうなんだ！　わたしも仲間になりたい！」

俺は「もちろん」と答え、ノノアにギルド招待を送る。

早速チャット欄に『ノノアがカラスの止まり木に加入しました』と表示された。

「カラスの止まり木……よくわかんないけど、かっこいいねっ」

「……ふふ。この名前、私が考えた」

「そうなんだっ！　梨鈴お姉ちゃんすごーい」

「……私、すごい？　でゅふふふふ」

怪しい笑い方をする梨鈴に若干引きながらリンにもギルドの招待を送る。

当然すぐに承諾され、カラスの止まり木のメンバーが合計で四人になった。

「リーダーはカズよね？」

「うん。代わる？」

「いいえ、カズがいいわ」

「……私も異論なし。……メンドーなこと、全部任せられる」

一人余計な発言をしていたが、俺がリーダーを続行することになった。

あまりリーダーって好きじゃないんだよな。そういう柄じゃないし……。

というのが今までの考え方だった。

だけど今は、まあいいかもな、と前向きな気持ちでいる。

多分メンバーが彼女たちだからだろう。

「……この瞬間、本当の意味でカラスの止まり木が結成された」

「前から結成はしていたけど、何も活動してなかったもんなぁ」

「というわけでカズリーダー。カラスの止まり木、最初の活動を言ってくれるかしら」

「……お兄、最初が肝心」

「わーい！　わたしも楽しみ！」

……ヘッドフォン越しで彼女たちの期待が伝わってくる。ここは外せない。

それだけは空気が読めない俺も理解した。

なら、あれしかない!!

「よし！　まずは皆で採掘を――」

「却下よ」

「……それはない」

「やだっ！」

………。

もうリーダーをやめさせてください（泣）。

☆

上空から降り注ぐ陽光が、波立つ海面に差し込み光り輝かせる。

さすがは【黒い平原】、見事なグラフィックだ。船首からの光景に、改めて目を見張る。

船のサイズが大きくなったことで、より迫力が増したように感じた。

これまではリンの小さな船でしか海に出たことがなかった。しかし『どうせならもっと大きい船にしよう！』と俺とリンは話し合い……………今では【黒い平原】における最大ランクの船にまで仕上げてしまった。海賊を主題にしたゲーム・アニメに登場する主人公が、よく乗っている大きさの船だろうか。小舟なんて蹴散らせてしまう。

たった二人だけとはいえ、昔からやりこんでいるプレイヤー二人が手を組めば、最も時間がかかる船を造ることも可能だったらしい。膨大な資金と材料が必要になることを考えると、普通なら十数人が協力し、数ヶ月かけて造る規模だ。

「やっぱり海に出て釣りが一番よね、皆」

「……うん。採掘よりはマシ……」

「わー、きれい！」

凛香の清々《すがすが》しい声に、俺以外のメンバーが気持ちよく納得する。

採掘を却下されたので試しに釣りを提案したところ、俺とリンの船で海に出ることになった。まさかの俺を除いて満場一致で釣りに決定。微妙に納得できない気持ちはあるが、皆が楽しめるならそれでいい。釣りも楽しいし。

操舵手《そうだしゅ》のリンにより、俺たちが乗る船は猛スピードで陸地から遠ざかっていった。

すでに陸地は見えない。見渡す限りの海。もっと遠くに行けば、この大海に点在する島をいくつか発見できるだろう。航海も【黒い平原】を盛り上げるコンテンツの一つ。

あえて悪い点を挙げるなら巨大なモンスターや海賊に襲われるリスクがあること。

それも含めて楽しいコンテンツと言える。

「リアルでは一緒に海に行けなくても、ネトゲなら行けるわね」

凛香の言葉に、俺は「うん」と返す。本当にその通りだ。

リアルで人気アイドルと海に行けば騒ぎになる。ネトゲでしか無理だ。

「プールに行った時、女性から話しかけられなかったかしら」

「話しかけられたよ。といっても乃々愛ちゃんの方だけど」

「そう……。その後、その女性は和斗《かずと》に興味を示さなかった？」

「名前を聞かれたかなぁ」

深く考えずに言う。ほんの数秒程度の沈黙を挟み、凛香が静かに尋ねてきた。

「一緒に遊ばない？　そう誘われてなんか……ないわよね？」

「誘われました」

「くっ……！　あちこちに泥棒猫はいるものね……！」

「あの、一緒に遊んでないし……。俺は凛香一筋だから……」

「和斗──愛してるわっ」

「お、俺も……凛香のこと──」

「……二人の世界に入らないでほしい……私が虚《むな》しくなる……」

そんなやり取りを交わしながら船は進み、頃合いを見て停泊する。目的の釣りだ。

俺たち四人は釣《つ》り竿《ざお》を取り出し、並んで釣りを始める。

特別なことが起きることはなく、平和な時間が流れ続け、各々が魚を釣り上げていた。

「……これ、面白い？」

「……」

梨鈴の素朴な質問が場に沈黙をもたらした。もちろん反発するのはクール系の彼女。

「面白いわよ。面白いに決まっているわ」

「……私は刺激的な遊びがいい。そう、血で血を洗う壮絶な戦いが……！」

「梨鈴は相手を苦しめている時が一番楽しそうだもんなぁ」

「……私のことは、黒月ルセゼと呼べ……ひよっこが」

「あ、はい。すみません……」

俺の方が数年先輩なのに……。なんならリアルの年齢も上なのに……。

でも確かに梨鈴は初心者では意識することすら難しいコンボを巧みに使いこなしていた。

性格からしても戦闘系コンテンツの方に向いていそうだよな。

「私は平和な時間を楽しんでいるのよ。好きな人たちと今の時間を堪能する……とても素晴らしいことじゃない？」

「……うん。それに、リンさんの肉体を眺められるし……」

不純すぎるだろこの子。まあ気持ちは分かる。【黒い平原】のグラフィックはすごいものがあるのだ。当然アバターの作りこみもすごい。現実ではめったにお目にかかれないような容姿端麗の人間をキャラクリエイトで生み出せる。

「――――あっ」

乃々愛ちゃんの一瞬の悲鳴を耳にした直後、ジャプンッ！　と重い質量が海に落下した音が響いた。なんとノノアが海に落ちてしまった……！

「え、えとえと……あ、スタミナゲージ？　がどんどんへってるー」

「まずい乃々愛ちゃん！　早く船に上がって！」

「え？」

「スタミナゲージがなくなると、今度はＨＰゲージが消費されていくんだ！」

これが海に落下した時のデメリット。陸地に上がらなければ死亡する。

「……乃々愛ちゃんッ！　私、黒月ルセゼが助けに行く――――！」

そう言って海に飛び込む黒月ルセゼ。ノノアの周りをぐるぐると回った後、ピタッと動きを止めた。

「……どうやって、人を救出するの？　そもそも、どうやって船に上がるの？」

「何も知らずに飛び込むなよ！　あと人を救出する方法はない！　自力で上がるんだ！」

「……自力……？」

黒月ルセゼとノノアが船に体を擦《こす》りつけるが、全く上がってこない。その間もみるみるスタミナゲージが減少していき、レベルの低いノノアはついにＨＰが削れ始めた。

「か、かずとお兄ちゃん！　たすけて！」

「スペースキーを押すんだ！」

「スペースキー？　ど、どれ……？」

「落ち着いてノノア。下にある横に長いキーよ」

凛香《りんか》の落ち着いた声に従い、ノノアがよじ登ってくる。

遅れて黒月ルセゼも上がってきた。なんて人騒がせなコンビだ……。

「……死ぬかと、思った」

「勢いで行動しすぎだろ……」

唐突に起きたハプニングが過ぎ去り、落ち着いた雰囲気が流れ始める。

と思った次の瞬間、ドンッ！　と派手な音が鳴り響き、激しく船が揺さぶられた。

これは——大砲だ！　砲弾を食らった！

「カズ！　海賊よ！　海賊が来たわ！」

凛香の切羽詰まった声に急《せ》かされ、マウスを操り周囲を見渡す。状況を確認。

俺たちの船と同等サイズの海賊船が、すぐ目の前まで迫っていた。

「なっ——。この辺ってまだ、海賊が現れる海域じゃないだろ！」

「……お兄。アプデで、海賊の出現範囲が広がったって公式のお知らせに書いてある」

「まじか！　確認を怠った……！」

「このままじゃ船を壊される！　逃げるわ！」

リンが舵《かじ》のもとに向かい船を急速で移動させる。

だが船の性能に差があるらしく、距離を少し空けて横に張り付かれた。

大砲を活《い》かす絶妙な距離……。派手な轟音《ごうおん》を響かせ、容赦なく撃ち込まれる。

このままでは長い時間をかけて造り上げたリンの船が壊されるぞ……！

俺と凛香の船——いや、カラスの止まり木の船が！

それに船が壊されると、俺たち四人は海に放り出されて死んでしまう。絶望的だった。

しかも海賊船の攻撃は大砲だけではない。

敵である何人もの船員たちが、鉄砲を構えてこちらに撃ってくる。

前衛職のカズは微々たるダメージしか受けていないが、操舵手であるリンはＨＰがじりじりと削れていた。ノノアに至ってはすでに半分を失っており、「わわわっ！」と可愛《かわい》らしく慌てふためきながら船上を駆け回っていた。

黒月ルセゼは――――カズの後ろで息をひそめ、無傷を保っていた……。

ほんと、こういう時って人の本性が現れるよな。

「俺がターゲットになる！　リンは舵！　黒月ルセゼと乃々愛《ののあ》ちゃんは俺の後ろから敵を攻撃してくれ！」

「分かったわ！」

「うんっ！」

「……仲間のピンチに、黒月ルセゼの隠された能力が開花し――――」

「そういうのいいからっ！」

リーダーとしての指示を出した俺は、カズを船の端にまで移動させて防御スキルを発動する。そのスキルの効果は、自分の防御力を上げると同時に敵の注意を自分に引き付けるというもの。これまで何度もしてきた行動だ。

体の正面から敵の攻撃を受けている間に、後ろにいる頼もしい仲間たちが敵に攻撃を――――ズドンッ！　と轟音が鳴り響いた瞬間、カズの背中を中心に爆発が生じる。

凄《すさ》まじい衝撃と爆風に押されたカズは海賊船の方向に吹き飛ばされ――海に落下した。

「え、なんで……？　なんで後ろから大砲が………」

「……ごめん。設置型大砲を使ってみたら、ミスってお兄に当てちゃった」

「なんてことを――――！」

まさか後ろからも攻撃を食らう日が来るとは……！

ちなみに設置型大砲は持ち運べる兵器のこと。船の上で自由に設置することが可能で、海上戦を盛り上げる要素の一つだ。

そして俺が味方から大砲を撃たれたのは生まれて初めてのことだ。

「わーっ！　かずとお兄ちゃん！　も、もう死んじゃう……！」

「……乃々愛ちゃん、私の後ろに……くっ、私も厳しい……」

「カズ！　私の方も限界が近い！　船の耐久力も半分以上削られたわ！」

俺が船から落下したことにより、彼女たちと船に被害が集中する。瞬く間に皆のＨＰが削られ、大ピンチに陥った（黒月ルセゼのＨＰは満タン。なにが厳しいんだ？）。

まずい……まずいぞ！

カラスの止まり木、初めての航海が、こんな形で幕を閉じるのか？

………それはダメだ。幾度も仲間を守り続け、一時期は守護神とも呼ばれたカズが、こんなところで諦めてはいけない……！

俺は数年ぶりに本気で集中する。

マウスやキーボードを操作するという意識はない。体の延長上になっていく。

無駄のない最短ルートを行くように動き始めたカズは、海を泳いで海賊船によじ登り乗船する。当然、敵である無数の船員たちがすぐさま鉄砲を向けてきた。中には剣を抜いて襲い掛かってくる連中も……。

流れるような動きでカズは船員たちの剣を交わすと集団の中に潜り込み、攻撃スキルを発動する。カズを中心に幾本もの剣を模した白い光が放たれ、周囲にいた船員たちを吹き飛ばし消滅させた。強力な攻撃スキルだが、クールダウンが長くて連発できない。

間髪を入れず生き残っている船員たちが襲い掛かってきた。やはり一人ではきつい……。

「それが、どうした……！」

俺ならやれる。リンと出会う前の話だが、俺は戦闘に特化した上位ギルドに所属し、一部界隈《かいわい》では有名だったこともある。プレイヤースキルにはそこそこ自信があるのだ！

プレイヤーでもない、ただの雑魚敵に負けるものかっ！

俺はリーダーとして、皆を守る――――。

ズドンッ!!　高速で飛んできた黒い球体がカズの背中に命中する。画面を埋め尽くすほどの爆発がカズを中心に巻き起こり、敵キャラもろとも吹っ飛んだ――！

「だからなんでだ！」

「……へっ、きたねえ花火だぜ」

「え、わざと？　わざとなの？」

「……わざとじゃない。ほんと、たまたま……大砲難しい……」

淡々と言う梨鈴《りすず》に、俺は「そっか……じゃあ仕方ないな」と返すのがやっとだった。

その後も何度か黒月ルセゼの大砲に吹っ飛ばされたが、ネトゲ廃人の意地として一人で海賊たちをやっつける。俺たちの船は沈没寸前だったが、何とか壊れる事態は回避した。

ノノアのHPもミリで残され、生存する（リアルの方の乃々愛ちゃんは、どうしたらいいか分からずパニックになり涙目になっていた）。

四人とも無事に海賊の襲来を切り抜けたのだが――――。

「……これぞチームプレイ。皆の力で生き残った……」

「ええ、素晴らしいわ。私は舵の操作で戦況を具体的に把握できなかったけれど……黒月ルセゼがそう言うなら良いチームワークだったのでしょうね」

「……ふふ。このチームは私が要……」

…………。

笑顔を浮かべたリンが、最後まで無傷を維持した黒月ルセゼの頭を撫《な》でる。

その光景を見ていた俺は何も言えなくなった。

「あら、どうしたのカズ？」

「…………なんでもないです」

まあ、ね。良い雰囲気に水を差す必要はない。

でもなんというか、色々不安になってしまうな……。

☆

海賊との戦いを潜《くぐ》り抜けた俺たち四人は、乃々愛ちゃんが挑戦したいと言っていたダンジョンの目の前にやってきていた。

ここに来た理由は単純。カラスの止まり木、初めてのダンジョン攻略である。

地下に広がる大穴を前にし、俺は彼女たちに説明をする。

「ここは地下に広がる森林を舞台にしたダンジョンなんだ。地下なのに太陽があって明るいことが特徴かな」

「……地下なのに太陽？」

「そう、ゲームならではだよな。植物系・昆虫系のモンスターが多い。入場制限として皆のレベルが均一化されるようになっている。全員が同じ強さで挑めるんだ」

「厳密には装備差があるわね」

その通りだと凛香の言葉に相槌《あいづち》を打つ。

ただ、俺たちは戦うわけではなくチーム。装備差が生まれても問題ない。

ヒーラーが必要ということで凛香がサブキャラに切り替えてきた。職業はプリースト。

修道服に似た紺色の服装だが、キャラの見た目はリンと全く同じで金髪エルフ。

気のせいか、胸が若干大きくなっているように見える。

名前は【カリン】。

名前の由来は、リンにカズの力を付けたとのこと。ちょっと照れる。

「……サブキャラって、普通見た目を変えるものでは……？」

「私は常に私らしく生きる。飾らず、ありのままの私。たとえどんな職業で生きようとも、見た目は一緒よ。これまで同様リンと呼んでいいわ」

「……ありのまま……こんな明るそうなエルフが……凛香さんのありのまま……」

なにやら梨鈴がぶつぶつと独り言を繰り返している。

気になるが俺はダンジョンのボスについて説明することにした。

「ボスはでかい樹《き》だ。名前はデビルツリー。ダンジョンの難易度は普通設定なんだけど、ボスは少し強めっていうのがプレイヤーたちからの評価かな。中級者のグループでも舐《な》めているとクリアできない……くらいに思っていいかも。乃々愛ちゃん、大丈夫？」

「うんっ。わたし、がんばるね！」

気合い十分らしい。乃々愛ちゃんの張り切った声がヘッドフォンから聞こえた。

まあなんとかなるか。凛香と俺がいれば。梨鈴もセンスがいい。

普通にやれば手ごたえを感じつつクリアできるだろう。

ここは一つ……ダンジョン攻略前に、リーダーとして皆を鼓舞しておくか。

「よし！　カラスの止まり木、初めてのダンジョン攻略だ！　行くぞ！」

「「「…………」」」

「何か言ってよ！　俺一人意気込んでるみたいで恥ずかしいじゃん！」

「ごめんなさい。カズからそんな掛け声を聞いたのは初めてで……驚いてしまったわ」

「……私たちって、そんな鼻息を荒くするタイプじゃない……」

「んぅ？」

彼女たちから圧倒的な温度差を感じ、冷水をぶっかけられたように心が冷めていく。

……やっぱり、リーダーをやめさせてください。

☆

俺たちは順調にモンスターを倒していき、何事もなくダンジョンの攻略を進めていく。

四人がそれぞれの役割をうまくこなしていた。カズが前衛として敵の注意を引き付けつつ戦い、火力担当のノノアと黒月ルセゼが敵を攻撃、リンが皆を回復する。何も問題はない。

というのも俺と凛香《りんか》は何度かこのダンジョンを攻略したことがある。

四人のうち二人が初心者とはいえ、不測の事態があってもフォローは可能だった。

もうすぐ攻略半ばに差し掛かろうという頃合い。カマキリを彷彿《ほうふつ》とさせる、人間サイズの昆虫系モンスターの集団と戦闘をしていた。

これも順調に片付けることができるだろう……そう思っていた直後。

「あっ！　あそこに宝箱があるー」

「えっ、乃々愛ちゃん!?」

突如戦闘を放棄したノノアが木の間を駆け抜け、その先にある宝箱に向かって走る。

当然ながら群れにいた一部のモンスターたちがノノアを追いかけた。

「……天使を助けに行く……！」

黒月ルセゼもノノアを追いかける。だが敵の数が多い。

ぱっと見たところ、数は七体以上。

これは——まずい！　二人の職業は攻撃力が高い反面、防御力がとても低い。

集中攻撃されたら一瞬で溶けてしまう！

「カズ！　モンスターをさばききれないわ！」

「くっ！　火力担当の二人が抜けたから……！」

俺も戦えるが、さすがに全てを倒すのは困難。

残されたモンスターの一部がリンのもとに向かい、容赦なく攻撃を加える。

紙装甲に近いプリーストは、みるみるＨＰを減らし————。

『パーティーメンバー：カリンさんが倒れました』とチャット欄に表示された。

続いてモンスタたちに囲まれてボコボコにされていた二人も――――。

『パーティーメンバー：ノノアが倒れました』

『パーティーメンバー：黒月ルセゼが倒れました』

………………。

これは諦めるしかない。やれやれと首を振り、降参の意思表示で両手を上げる。

カマキリ軍団に切り刻まれるカズをどこか遠い気持ちで眺めるのだった。

☆

「ごめんなさい……」

「いいんだよ乃々愛《ののあ》ちゃん。宝箱って不思議な魅力があるよね」

「わたしのせいで……っ」

いくら無邪気な幼女でも、パーティーが全滅した理由を理解しているらしい。

俺たちは微塵《みじん》も怒っていないが、弱々しい声音から本気で落ち込んでいるのが伝わってきた。振り返ってリアルの乃々愛ちゃんを確認すると、申し訳なさそうにパソコンに向かってうつむいている。

「乃々愛、いい勉強になったでしょう？」

「べんきょう？」

「このダンジョンは一人で攻略することは不可能……皆が力を合わせなければいけない。乃々愛の力が私たちには必要なのよ」

「わたしの力が必要………うん、がんばるっ」

「……天使が決意を固めた……つまり——」

「可愛《かわい》いってことだな」

「……そういうこと」

「あなたたち、妙に息が合う瞬間があるわね……」

謎の結束力を発揮する俺と梨鈴。ゲーム内で握手を交わし合った。

もう一度ダンジョン攻略を始めた俺たちは、二回目で慣れたということもあって問題なく進んでいく。当たり前のことに思えるが、中々こういうのが難しかったりする。

誰かの凡ミスで全滅した場合、空気が悪くなることがあるからだ。

性格の悪い人が文句を口にして他のメンバーも便乗する……そんな流れを俺は何度も見てきた（テキストチャット内で）。

しかし俺たちに限ってそんなことは起きない。

凛香が失敗を良いことのように言い、乃々愛ちゃんを励ました。さらにチームとしての大切さを説き、モチベまで上げさせたのだ。

何気なく感じる短いやり取りだったが、これをさらっと行えるプレイヤーは希少と言える。そうだ、これがスター☆まいんずの水樹《みずき》凛香……！

やっぱり俺はすごい女の子と付き合っている――。

「……あの、リンさん……お兄にばかり回復するの、やめてほしい」

「カズは前衛で傷つきやすいの、仕方ないわ」

「……さっき、無傷のお兄を回復してた……」

「私の愛よ」

「…………」

梨鈴が完全に黙り込んでしまった。このチームは……というより、このヒーラーはダメかもしれない。リーダーとして、ちゃんとヒーラーの仕事をするよう凛香に注意しておく。

それからは何か事件が起きることなく、俺たちは開けた場所に到着した。

ダンジョンの最奥……ボスの部屋だ。目の前には巨大な樹がそびえたっている。視点移動で上にカメラを向けないと全貌を確認できないほどの大きさだ。

「おっきいねー。……わっ」

樹の真ん中辺りにギョロリと黄ばんだ目玉が現れ、あまりの気持ち悪さに乃々愛ちゃんが悲鳴混じりの声を上げた。

「か、かずとお兄ちゃん！　あれ、こわい！」

「大丈夫だ！　乃々愛ちゃんは俺が守る！」

「かずとお兄ちゃん……！」

「ねえカズ。私も怖いわ。守って」

「絶対うそじゃん」

凛香は何度もこのボスを目にしている。しかも初見では『絶対にあの目玉が弱点だよね！　どんどん攻撃しよっ！』とノリノリで矢を放っていた。微塵も怖さを感じていない。

「……お兄。私の足元が赤くなった」

「それはボスの攻撃だ！」

「……え――あっ」

黒月ルセゼの足元から、槍《やり》のような鋭い根っこが真っすぐ上に飛び出し――黒月ルセゼを空中にまで突き上げた。この一撃で黒月ルセゼのＨＰゲージが半分以下にまで削れる。大ダメージだ。

「合図が出る攻撃は、とくに強いから気をつけるんだ！」

「あっ――」

ボスの近くにいたノノアが、鞭《むち》のようにしなってきた枝をもろに食らい、フィールドの端にまで吹っ飛ばされる。そのタイミングを見計らったように、フィールドを囲む木々の隙間からカマキリに似た雑魚モンスターたちがわらわらと出てきた。

「乃々愛ちゃん、逃げて！　超逃げて！」

「え、えい！」

焦ったのか、ノノアは火球を雑魚モンスターたちに放つ。当然ヘイトを集めてしまいターゲットになってしまった。一斉にモンスターたちがノノアに駆け寄る。

「乃々愛ちゃん、俺の方に来て！」

「……ヤバっ、かわしきれ――あっ、死ぬ」

「久々の戦闘、腕が落ちたものね……この程度の攻撃をかわしきれないなんて」

ボスの枝を振り回す攻撃や地面から根っこで突き上げてくる攻撃を全てかわしきれないのか、凛香と梨鈴《りすず》の口から時折苦鳴が発せられる。

それぞれの動きを見ると、黒月ルセゼは攻撃に夢中で回避行動が疎《おろそ》かになっているようだった。ノノアは常に焦っていて攻撃と回避がどっちつかず。

時折回避可能な攻撃を食らっているリンは、誰も死なないようにＨＰが危ない人から回復をこまめに行っている。かなりギリギリの戦いだ。誰も安定した動きをしていない。

とにかく俺はスキルを発動してモンスターたちの注意を引き付け、回避可能な攻撃は全て回避していた。慣れたプレイヤーだけで集まっているなら、作業のように同じ操作を繰り返せばいいのだが……。

でもこの必死感、久々で楽しいかもしれない。

「さすがねカズ。私たちにモンスターが来ないよう、常に立ち位置を調整してる……！」

「これくらいは慣れたら多分誰でもできると思うけど――あ、まずいかも」

フィールドの地面全体に、まだら模様のように赤い点がいくつも表示された。全体攻撃だ。すかさずカズとリンは安全地帯に逃げるが――移動が間に合わなかったノノアと黒月ルセゼには直撃する。地面から飛び出した根っこに貫かれ、一瞬でＨＰを失った。

「カズ……」

「これは……降参しかないな」

火力担当の二人を同時に失えば勝てない。雑魚敵の処理も間に合わないし……。

カラスの止まり木、二回目の敗北が決定した瞬間だった。

☆

「ごめん二人とも……。いきなり強いボスと戦わせちゃった」

言い訳になるが、最近は初心者とダンジョンに行く機会がなかったので感覚が狂っていた。普通に考えて、中級者が挑むダンジョンに初心者を連れていくのは暴挙とも言える。

いくらレベルが均一化されるとはいえ、どう考えても俺が悪い。

鉄棒で前回りに挑戦したことがないのに、いきなり逆上がりをさせるようなものだった。

鬼畜の極みである。

「かずとお兄ちゃんは悪くないよっ！　わたしがね、すぐやられちゃったから……」

「……私も、ちょっとムキになって攻撃してた……良くない」

自分を責める二人に、俺は現実的な提案をすることにする。

「もう少し慣れてから、改めて皆で挑戦し――」

「もういちど！　ね、かずとお兄ちゃん！」

「……初めての敗北を噛《か》みしめる黒月ルセゼ。しかし、闇の世界で天才と呼ばれる彼女が真価を発揮するのはこれからだった――」

「なんのモノローグだよ……。でもさ、その……」

「いいじゃないカズ。やりましょう」

凛香《りんか》に優しく諭すように言われ、否定の言葉が喉奥に引っ込む。

……そうだ、勝てなくてもやりたいならやればいい。

彼女たちのために、リーダーの俺は最善を尽くすだけだ！

「よし皆!!　今度こそ勝つぞ!!」

「「「…………」」」

「だから何か言ってよ！　今回はそういう空気だったじゃん！」

リーダーやめてぇ……。

☆

不屈の精神で俺たちは挑み続ける。

二回目、三回目、四回目……五回目……。

だが聞こえるのは――――。

「……くっ！　また……同じミスを……！」

「んぅ……これをかわせないー」

慣れてきているのは間違いない。

最初に挑戦した時は、ボスのＨＰゲージを三割までしか削れなかった。

でもさっきの五回目となる挑戦では六割まで削ったのだ。確実に進歩している。

「すごいぞ二人とも！　どんどん成長してる！」

「……でも、勝てない」

「ごめんなさい……」

励ますつもりで明るく言ってみせたが、二人は気落ちする。

精神的な疲労もあるだろう。何よりも集中力の問題だ。

一日の疲れが蓄積され、パフォーマンスを発揮できなくなる頃合いか。

すでに23時。乃々愛《ののあ》ちゃんが電池切れになる時間帯でもあった。

「挑戦するとしても、次が最後ね」

俺の心の声を代弁するように凛香が言った。まったく同じことを考えていたらしい。

「……次が最後。なら、勝つしかない」

「わたしもね、がんばるっ」

そうして俺たち四人は、六回目のダンジョン攻略に挑んだ。

ボスまでの道中は全く苦にならない。比較的楽な雰囲気を四人全員が感じ取る。

だからだろうか、梨鈴が静かに話を切り出した。

「……凛香さん、ありがとう」

リンと呼んでほしいと言われたのにもかかわらず、本名呼び。

喋《しゃべ》り方からして意図的なのが分かる。凛香は口を挟まずに耳を傾けた。

「……いつも不安にならないタイミングで回復してくれる……最初は、お兄ばかりにしてたけど」

「そうね……ふふ」

「……他にも、全体を見て把握してくれている。アイドルの時もそう。……昔から助けてもらっていた」

「私も梨鈴から力をもらっているわよ」

「……私の方がもらってる。凛香さんに出会えなければ、私は学校に行かず……ずっと家で寝てた……」

引きこもりみたいだ。正直、梨鈴の雰囲気ならありえる。

どうやって彼女たちは出会ったんだろう。気になるが今は聞けるタイミングではない。

「……でも、グループ結成当時は、とても怖かった……」

「あの時は本当にごめんなさい。必要以上に焦っていたの。謝ることしかできないわ」

「……私も悪い。生意気だったし、練習サボってたし……。でも、途中から……凛香さんが輝くようになって……状況が一気に好転した」

「私が輝く……ああ、ネトゲでカズと出会ってからの話ね。懐かしいわ。カズとネトゲで出会えなければ、私はずっと独りよがりの生き方をしていたでしょうね。考えたくないけれど、私がグループを分裂させていたかもしれないわ」

今でこそ私は救世主みたいに言われているけどね、と凛香は冗談ぽく笑った。

「……そんなに………」

過去の話で盛り上がっていたが、梨鈴が口を閉ざしたことで会話は終了した。

……できれば俺を必要以上に持ち上げるのはやめてほしいな。

俺が間接的にスター☆まいんずを助けたみたいに凛香と奈々《なな》は言うが、それは全く違う。

本当の本当に、俺は凛香とネトゲで遊んでいただけなのだから……。

☆

　ついにやってくるボス部屋。木々が消滅したように広がる空間、見上げるほどの巨大樹。プレイヤーたちが逃げられないよう、数え切れないほどの木々が隙間を埋めるようにフィールドを囲んでいる。六回目ともなれば見慣れた光景だ。

「これが……最後の挑戦だ。皆、勝とう」

　俺のリーダーとしての静かな鼓舞に、誰も返事はしない。

　けれど、皆が同時に頷《うなず》いたのは分かる。

　巨大樹の真ん中に目玉が現れたことが戦闘の合図。扇みたく密集させた枝を振り回したり、振り落としたり……時には地面から鋭い根で突き上げてくる強力な攻撃で、俺たちを苦しめてくる。定期的に湧いてくる雑魚敵も厄介だ。

　一回目の挑戦では慌ただしく動いていたノノアと黒月ルセゼだが、今は違う。

　ボスの動きを注意深く観察しながら攻撃を回避し、雑魚敵に狙われない立ち位置を意識して、ボスと雑魚敵の処理を淡々と行っている。冷静だ。

　俺は雑魚モンスターとボスのターゲットになるようにひたすら努める。

「……乃々愛ちゃん、こっち！」

「うんっ。あ、そっちからモンスターがくるよ！」

初心者の二人はお互いに声を掛け合って協力していた。いいよな、こういうの……。

本気でゲームを楽しんでいるのが伝わってくる。

テキストチャットではなく、ボイスチャットならではだろうか。

内容がどうであれ、声を掛け合う行為がモチベを上げていく。

「……ミス――しっ……あ……ありがと、リンさん」

ボスの攻撃を連続で受け続け、黒月ルセゼのHPがなくなりかけるも、すかさず回復される。状況を把握し続けている凛香の素早い対応だった。

「気にしないで黒月ルセゼ。あなたのHPは私が管理する。だから戦いに専念しなさい」

「……リンさん――かっこいいッ！」

か、かっこよすぎるだろクール系アイドル……！　今のは痺《しび》れた。

――このまま、勝てるか。

バタバタした雰囲気がなく、安定して戦えていた。動きがルーティン化されている。

理想の状態。乃々愛ちゃんと梨鈴も必死に戦いながら手ごたえを感じているに違いない。

しかし本番は――これからだ。

ボスのHPゲージが残り三割以下になる。

その直後、墨が塗られていくようにボスの体――巨大樹が真っ黒になった。

目玉も怪しく血の色に変色する。デビルツリーの名に相応《ふさわ》しい見た目へと変貌した。

「……だ、第二形態は聞いていない……！」

さすが梨鈴《りすず》、何が起きたのか瞬時に理解する。

「……これは、いじわる。お兄と凜香さん、意図的に黙ってた」

「教えたら面白くないだろ？」

「ええ。こういうのは何も知らずに体験するからこそ衝撃を得られる……。教えてしまうのは手品のネタバレをするようなものよ」

俺たちの余裕のある言葉を聞き、梨鈴は何も言い返さず「……くぅ」と苦しげな声を漏らした。決して悪意があって黙っていたわけではない。

勝てると思ったそのタイミングでの第二形態、これが美味《おい》しいポイントだろう。

梨鈴と乃々愛ちゃんは、より一層頑張ろうとする気配を漂わせる。無言になった。

ボスの攻撃の種類は変わっていない。だがテンポが早くなる。

ルーティン化されていた操作に狂いが生じ、戦いのリズムが乱れていく。

初心者の二人は対応しようと頑張るが——さっきよりも被弾が多くなり、リンの回復が間に合わなくなりつつあった。

「リン！　俺への回復は後回しでいい！」

「けど！　前衛が倒れたらお終《しま》いよ！」

「大丈夫、俺は絶対にミスらない」

もちろん回避不可能な攻撃は存在する。

だとしても絶対に無駄な被弾はしない。なんせ初心者の二人が頑張っているのだ。

負けたら、また今度挑戦すればいい。

心に潜むもう一人の俺が、そう語り掛けてくる。

きっとその考えが正しい。

でも、無視する。

この戦いは、今しかない。

この熱量は今でしか味わえない。

何度もゲームをしていれば、そりゃ上達するし、いずれは単純作業のようにボスを倒せるようになる。

そうじゃない。今だ。

梨鈴と乃々愛ちゃんは、今、この戦いに勝ちたいのだ。

将来的に勝てるとか、そんなものはどうでもいい。

ネトゲ廃人と自他ともに認める俺は、今こそ培ってきた力を発揮するべきなんだ！

俺の全てをもって、彼女たちに最高の体験をさせる――――！

手汗がマウスに滲《にじ》むほど体温が上昇し、体の一部となったキーボードとマウスには一切意識がいかなくなる。

考える前にカズを操作し、ボスと雑魚モンスターたちのターゲットになった上で、極力攻撃が当たらない位置取りを心掛ける。

それでもボスの範囲攻撃が、俺以外の三人を襲う。

地面からの根を突き出す攻撃、扇状に広げた枝を振り下ろし……。

リンはたまに被弾するも余裕を持ったＨＰを保つ。

そう、熟練者なら問題ない。

しかし初心者の二人は、テンポが早くなった攻撃にいつまでもついていけない。

先に落ちたのは――――ノノアだった。

「あっ！」

夢から現実に容赦なく引き上げられた感覚だろうか。

気の抜けた悲鳴が乃々愛ちゃんの口から発せられた。

天使が――――やられてしまった！

ノノアが倒れたことにより、火力不足になる。

雑魚モンスターの処理がどんどん遅れていき――――カズの被弾が目に見えて増えていく。あっという間に囲まれ、ボコボコに攻撃されてろくに身動きが取れなくなった。

それだけはない。カズの足元が赤く光り、ボスの目が深紅に染まる。

範囲攻撃の前兆だ。地面からの突き上げも来る。同時攻撃か。

――――これは死ぬ。

あと三秒後だ、カズはやられる。

長年の経験が瞬時に未来を伝えてくる。俺は取り乱すことなく、視線をパーティーの状況が表示されたウィンドウに走らせた。細かい数字を確認する余裕はない。

カズのHPは残り一割以下。黒月ルセゼも一割。というか、ボスに接近して範囲攻撃の射程に入っている。俺と同じタイミングで死ぬな、あれは。

対してボスは一割、もう一息だ。

ならリンのMPは――残り少ない。あと一回だけ回復ができる程度、それだけだ。

「和斗《かずと》！」

「梨鈴だ！」

咄嗟《とっさ》のことで本名を呼び合うも、俺の意図を凛香《りんか》は理解した。

リンは黒月ルセゼを回復する。これでボスの攻撃を食らっても何とか生き残るだろう。

なら俺は最後の仕事をする。

死ぬ直前のカズが、ボスに向かって攻撃スキルを発動した。

振り抜いた剣から白光の刃が放たれ、ボスに命中。僅かにHPを削る。

俺の計算が間違っていなければ、これでギリギリいけるはず。

黒月ルセゼの火力なら、やられる前にボスのＨＰを削り切れる――――！

次の瞬間、巨大な枝が横なぎに振るわれ、黒月ルセゼとカズに直撃する。さらにカズは地面から飛び出た枝に貫かれた。もはや即死コンボ。見ているだけで胸が痛くなった。

『パーティーメンバー：カズさんが倒れました』とチャット欄に表示される。

「あとは託した……梨鈴」

「……お兄……！」

ボスに短剣で攻撃する黒月ルセゼに向かって、カズに群がっていた雑魚モンスターたちがわらわらと駆け寄った。このままでは囲まれて一瞬でやられてしまう。

そうさせないのが凛香。

リンがその雑魚モンスターたちに攻撃し、ターゲットになった。

そして黒月ルセゼがいる方向とは真逆に走る。おとりだ。

でも五秒もしないうちに追いつかれ、やられるだろう。

黒月ルセゼが攻撃できるだけの、ほんの僅かな時間を稼いだに過ぎない。

「あとは任せたわよ、梨鈴」

「……凛香さん……！」

ボスのＨＰを見るに、あと強力なスキル一発で倒せる。火力を出せる職業なら――！！

黒月ルセゼの体から闇を凝縮したようなどす黒いオーラが溢《あふ》れ出る。

アサシンの超強力な攻撃スキルの発動、その前触れ……！
モーションに入り、黒月ルセゼが姿勢を低くしてボスを視界にとらえた。
次の瞬間、攻撃スキルが発動する――――ッ！
「勝てる、勝てるぞ……いけ――――！」
俺だけではない。彼女たちも未来を想像したことだろう。
黒月ルセゼの手によって、ボスが屠《ほふ》られる未来を。
しかし現実は――。
否。
リアルは――無慈悲だった!!
『黒月ルセゼさんがログアウトしました』
――――っ。
…………………………？
「えと……え？　ログ……アウト？　え？」
脳をバグらせる意味不明な文章がチャット欄に流れ、何度もまばたきをする。
シュンと跡形もなく黒月ルセゼが画面上から消滅し、『パーティーメンバー：カリンさんが倒れました』『パーティーは全滅しました』という表示を見て、ついに思考が現実に追いつかなくなった。……………は？

俺を含め、皆が状況を理解できずに黙り込む。

凍り付いた時間の中――梨鈴が震えた声で言った。

「……ノートパソコンの、バッテリーが切れた……ッ！」

☆

梨鈴による衝撃の一言から十数分後。

誰もが呆然《ぼうぜん》とし何も言えない時間が続いたが、ふと乃々愛《ののあ》ちゃんが寝落ちしていることに気がつき意識を取り戻す。

ヘッドフォンを外した俺は、ノートパソコンに突っ伏している乃々愛ちゃんを優しく持ち上げ、俺のベッドに横たわらせた。むにゃむにゃと口を動かしているのが可愛《かわい》らしい。

試しに凛香ちゃん人形を乃々愛ちゃんの両腕の中に潜り込ませてみる。

ぎゅっと大切そうに抱きしめた。尊い！　これでさらに天使度が増したな……！

一仕事終えた俺は、振り返って梨鈴を確認する。机に置かれたノートパソコンの前で、身じろぎもせずポケーッと座っていた。目の焦点がおかしい。見るからに放心状態。

口から魂が抜けていそうだ。あれはヤバいな。

「梨鈴。起きてる？　目を開けたまま寝てるのか……？」

心配になり、その小さな肩に手を置いて揺する。

梨鈴はビクッと体を震わせ、まばたきしてから俺に顔を向けた。

「……はっ……！　お、お兄……？」

「うん、俺だ。もう深夜だし、寝る？」

「……ご、ごめんなさい。これは謝っても許されることではない……！」

悔しそうに唇を噛《か》みしめ、真っ暗になったノートパソコンの画面を見つめる。

そこまでのリアクションをされると怒るに怒れない。

というより怒るつもりがないし、怒りの感情すらない。

「気にしなくていいよ、梨鈴」

「……でも――」

「あの終わり方も、ある意味では俺たちらしいだろ？」

「……私たちは、間抜け集団……？」

「個性的、もしくはユニークと言ってくれ」

「……何を言おうが、私のせいで勝てなかった……充電を怠った私の責任……」

「ま、そうだな」

「――――ッ！」

いくら慰めようが、それは事実。

事実を捻《ね》じ曲げてまで慰めようとは思わない。ただ、まあ……。

「梨《り》鈴《すず》が落ち込んでいて、結構嬉《うれ》しい」

「……私の不幸が嬉しいの？」

「そうじゃなくって、それだけネトゲに没頭してくれたんだなって思える」

「……んっ……」

「また今度、一緒にやろうな」

自分の好きなものを誰かに楽しんでもらえる。

それは想像以上に胸が熱くなることだった。

俺は感謝の気持ちを伝えるべく、うつむいた梨鈴の頭を優しく撫《な》でる。

小さな子の頭を撫でるように、丁寧に。

「あっ――――」

驚いたのか、俺の気持ちが伝わったのか……梨鈴の口から小さな声が発せられた。

……兄妹《きようだい》ってこんな感じなんだろうか？

頬を赤くしている梨鈴を見て、そんなことを考える。

「……お兄、もっと強め……。撫で方が優しすぎる」

「はは、調子が出てきたなぁ」

このふてぶてしい感じが一番梨鈴に合っているのかも。

微笑《ほほえ》ましく思いながら頭を撫でていると、俺のスマホから通知音が鳴る。

手に取り確認した。リンからだ。

『もう寝てるのー？』

「あ、凛香のこと忘れてた」

「……凛香さんにも謝らないと」

「乃々愛ちゃんのノートパソコンから話をしたら？」

目の前のノートパソコンは残念ながらバッテリー切れで起動できない。

梨鈴は俺の提案に頷《うなず》き、乃々愛ちゃんが使っていたノートパソコンの前に腰を下ろす。

……一応、俺も会話に参加するか。

マイク付きのヘッドフォンを装着した梨鈴が、ノノアのアカウントから話をしていることを凛香に説明する。その間に俺もパソコンの席に着いて再びヘッドフォンを装着した。

途中からになるが、彼女たちの会話を聞き始める。

「梨鈴が謝る必要はないわ。そもそもの話、経験者である私がしっかりしていれば、もっと早くにボスを倒せた……つまり、梨鈴のノートパソコンがバッテリー切れを起こす前に勝っていたのよ」

「……それは自分に責任を求めすぎ……。凛香さんは何も悪くない」

「なら梨鈴も責任を感じすぎよ。なぜ勝てなかったのか、それをとことん追及するなら色々な原因が考えられる。目に見えて分かりやすいミスをしたのが、たまたま梨鈴だけだったという話よ。全員に責任があるわ」

「………」

そこまで言われると梨鈴は何も言い返せない。俺も凛香の話に納得していた。

本当の意味で勝てなかった原因を追及するなら、初心者二人をあのダンジョンに連れて行った俺にも原因があるし……。

俺にはできない理論的な慰め方を凛香は心得ており、梨鈴の罪悪感を和らげていく。

「……いつもの、凛香さんだ。クールな感じだけど、温かい……」

「私は現実的なことを述べただけ……。それより、感想を聞きたいわ」

「……感想？」

「ええ、感想。今日は皆でネトゲをしたでしょう？　梨鈴が感じたことや思ったことを聞きたい」

「……ヤベーくらい、楽しかった」

「ふふ、ヤベーくらいね」

梨鈴の若干ふざけた言い方に、凛香《りんか》は軽く笑いながら真似《まね》をした。

「……リアルとは違うもう一つの世界って感じで……映像も映画みたいで……リアルではできないことで、皆と遊べて楽しかった……」

「でしょう？」

「……とくに、お兄だけ張り切っていたのが面白い」

「そうね。空回り感があって可愛らしかったわ。それが私の夫の魅力でもあるわね」

……なんか恥ずかしいな。ネトゲになるとテンションを抑えられなくなるのが俺の悪いところかもしれない。

「……けど、お兄が率先して楽しんでいるから、私も全力で楽しめた」

「私も同じよ。きっとそういうところにも惹《ひ》かれてしまったのね」

「……隙があったら惚気《のろけ》を挟むの、やめてほしい」

彼女たちは話を途切れさせることなく今日の思い出を掘り下げていく。

ギルドから始まり、海に出て海賊と戦い……ダンジョン攻略……。

止まることを知らなかった会話も自然な流れで話題が尽き、静かになる。

誰かが口を開くのを待つ時間………。

そして、梨鈴が言う。

「……リアルだと、こんなふうに割り切って凛香さんと遊べなかった」

「リアルでの情報が一切関係ない上に、顔を合わせないからよ。もちろんリアルでのしがらみを一切気にしないことは難しい……。けれど、ネトゲはその人の心が表れやすい。遊ぶことに没頭すればリアルに縛られなくなるわ」

「……まるで、喧嘩《けんか》していた子供たちが、翌日には楽しく遊んでいるみたいな感じ……」

「感覚はそれに近いかもしれないわね。結局、無駄な情報や欲望を削ぎ落せば童心に返るものよ」

まさに凛香らしい考え方に思えた。これについて色々意見はあるかもしれないが、少なくとも凛香はそう考えているし、事実だと思っている。

俺はそこまで考えていないが、ネトゲを全力で楽しんでいる身なので、凛香の考え方には同感だった。

「……ネトゲで結婚＝リアルでも夫婦、それはまだ理解できない」

「そう……」

率直に言われ、凛香は悲しげな声で返事をする。

しかし梨鈴の話はそれで終わらなかった。熱を帯びた興奮した声で続ける。

「……でも、熱くなった。初めてのライブを思い出すくらいに……。もしかしたら……それだけの絆《きずな》を……家族に感じられるくらいの絆を、ネトゲから得られるかもって思えた」

「梨鈴……」

「……えと、その……このメンバーでネトゲができて、すごく楽しかった。それが、一番の感想……」

混じりっけのない本音を吐き出し、梨鈴は凛香の返事を待つべく黙り込む。

以前凛香が言った通り、ネトゲで交際し、リアルで結婚して幸せな家庭を築く人たちもいる。梨鈴はそれを想像できるくらいにはネトゲの魅力を堪能したのだ。

「梨鈴、それでいいのよ。私もね、何ヶ月もかけてネトゲの魅力を理解していったの。正直、最初の頃は楽しくなかったわ」

「……そう、だったんだ……」

「だから反省しているの。少しでも早くネトゲの魅力を知ってもらおうと、梨鈴に私の考えを押し付けていたわ」

「……私も、ごめんなさい。最初にいきなり否定してしまった。ちょびっと意地になってたのもある」

「そうね……。でも私たちは理解し合えなくても、理解しようと努力をし、お互いに歩み寄ることができる……。そのことを改めて知ることができた。とても嬉しいわ」

二人の話を聞きながら、良い関係だな～と思った。

普通だったら、考え方が衝突した時点で縁が切れるのでは？

もし考え方も人間の個性の一つとして考えるなら、彼女たちのような関係も理想の一つなんだろうな。

　俺が何もしなくても、彼女たちなら自力で解決したに違いない。

　事実、俺は皆とネトゲで遊んだだけ……何もしていないのだから。

「和斗《かずと》、私たちのために色々考え、頑張ってくれてありがとう」

「お礼を言うのはこっちだよ。最高の体験をありがとう……良い夢を見れそうだ」

　リアルでは味わえない体験をする――それこそがネトゲの本質なのだ。

　ふと、もう一人の少女が無言になっていることに気づく。

「梨鈴？」

「…………」

　返事がない。振り返りリアルの姿を確認すると、梨鈴はノートパソコンのキーボードに顔面を落としていた。寝ているな、あれは……。寝落ちだ。

「あー梨鈴は寝ちゃってるみたい」

「そう……。実は私も……限界で――」

「凛香？」

「…………」

　物音一つしなくなった。凛香も寝てしまったか。緊張の糸が切れてドッと疲れと眠気が襲ってきたのだろう。俺以外のメンバーが寝てしまった……。

一人になり、俺も急速に眠気を感じ始める。眼球が痛いし、瞼《まぶた》が重い。

「皆で寝落ちも……悪くないな」

最後の力を振り絞って椅子から立ち上がり、梨鈴のもとに向かう。

その小さな体をお姫様抱っこで持ち上げ、俺のベッドに連れていく。

小学一年生の幼女より重い……。長く運び続けるのは無理だ。

見た目は小さくても高校一年生だな。

腕をパンパンにしながら梨鈴を乃々愛《ののあ》ちゃんの隣に寝かせてあげた。

「もう無理……」

寝る場所なんてどこでもいい。その場で横になり、眠気に全てを委ねて目を閉じた。

「………」

何とも言えない充実感が胸の中に満ちていく。

ダンジョン攻略こそできなかったが、最高の一晩だったと胸を張って言える。

……やっぱり、ネトゲだよなぁ。

微笑を浮かべる自分に気づきながら、そっと意識を手離すのだった――。

四章　クール系アイドルは強くない

「起きて和斗《かずと》。もう朝よ」

優しく肩を揺すられている気がし、ぼんやりと意識が浮上してくる。

……………眠い。それも猛烈に。あまりの眠さに目を開ける力が湧いてこない。

俺は「ん～」と不満を訴える唸《うな》り声《ごえ》を上げ、体を横に向けた。

もっと寝たい……。昨日も夜が明けるまでネトゲをしていたのだ。全く眠れていない。

「起きないなら……私も一緒に寝るわよ」

「…………んー……」

声を聞いているが、頭がボーッとしているせいで意味が伝わってこない。

なんでもいいから寝かせてくれ……。

その思いで適当に返事をしておいた。

ゴソゴソと体の周りを触られている気配がする。何か大きなものが俺の胸辺りに滑り込んできた。ふわっと家のシャンプーの匂いが鼻腔《びこう》をくすぐる。

……なんだか気分がいい。このまま気持ちよく寝ることができそうだ。

「だ、抱き枕みたいに……抱きしめて……いいわよ？」

「…………んー」

それはいい考えかもしれない。耳に快感をもたらす綺麗《きれい》な声に促され、胸辺りにある何か大きなものをギュッと力強く抱きしめてみる。温かくも柔らかい……。

「――はうっ！」

……………？

変な悲鳴が聞こえた。意識を保てないほどの眠気のせいか、目を開けてまで確認しようとは思えなかった。夢心地の気分である。

「……？」

サラサラとした手ごたえを右手に感じた。シャンプーの匂いの発生源な気がする。触っていて心地が良いので、この大きな何かを抱きしめながら無心で右手を動かし、この髪の毛みたいな感触を堪能する。……最高だ。

「お、夫にこんな……！　あぁ、これが幸せね……！」

モゾモゾ動かれて不快になったので、さらに強く抱きしめて動きを封じた。

「――」

観念したらしい。完全に沈黙した。……とても幸せな気分だ。

このまま素晴らしい夢を見られる気が――。

ドンッ！　ドンッ！

「………ん？」

体の下から――――いや、ベッドの下から突き上げてくるような衝撃が襲ってきた。

ドンドンッ！　ドンッ！

リズムを刻み、ベッドの下が叩《たた》かれている。割と強い衝撃。さすがに眠気が飛び始めた。

ゆっくり目を開け――俺は、凛香《りんか》を抱きしめていることに気づいた………！

「んっ……んぅ……和斗――っ」

「り、凛香……！」

俺の胸元から顔を上げる凛香。頬が火傷《やけど》していそうなほど真っ赤になっているし、熱が宿った両目はトロンとして力がなくなっている。

凛香の口から吐き出される息が妙に熱っぽいというか粘り気があった……ッ！

「和斗……朝から……力強くて、激しいわね」

「なんかいやらしい！」

ドンッ！

またしてもベッドが下から叩かれる。

もしやと思い身を乗り出してベッドの下を覗《のぞ》き見て――。

蠢《うごめ》く謎の黒い塊と、パチッと目が合った――――！

「ぎゃぁあああああ!!」

分かってた………分かってたけど怖い!!

☆

「……ベッドの下に隠れて、一晩過ごした」

「さすが梨鈴《りすず》ね。ちなみに私は押入れで一晩過ごし、扉越しに和斗の存在を感じていたことがあるわ」

「……それは上級者向け……。私もそれくらいの覚悟が必要……！」

「和斗の存在を感じるのに上級者も何もないわ。私も今晩一人だけでベッドの下で過ごしてみようかしら」

「なに話し合ってんの君たち？　まじでやめてくんない？　あとベッドの下の方が上級者だろ、ていうかド変態だろ」

人気アイドル二人の会話にドン引きした俺は、眉間を押さえながら全力でため息をつく。

四人でネトゲをしてからすでに二日が経過し、俺たちの生活は大きく変化していた。

凛香と梨鈴の間に生じていた気まずい空気が消え去り、家の中が明るくなっている。

なによりも大きな変化を見せたのが梨鈴だった。

「……り、凛香さん……！」

ため技を発動したかのような勢いで、梨鈴が凛香に抱きつく。

そして当たり前のように、顔を胸の谷間に埋《うず》めた。

もちろん右手は凛香の瑞々《みずみず》しいふとももへ。ド変態だ。

「……私は妹、だから尊敬する姉に好き放題甘える」

「ええ、好き放題甘えていいわよ」

「……わーい……もみもみ」

「ちょ、ちょっと梨鈴……！　どこを揉《も》んで――」

…………。

胸の谷間に顔を埋め、遠慮なくふとももを揉みしだく梨鈴……。

見ていると変な気分になってきたので、そっと視線を窓の方へ逸《そ》らした。

白い雲に青い空……ああ、今日もいい天気だなぁ。

ベッドに腰掛け、俺は朝っぱらから現実逃避していた。

なにやら俺の部屋で人気アイドル二人がイチャイチャしているが、俺には関係ないこと。

あんまり関わりたくない。

「……お兄」

「うおっ！」

急に目の前にやってきて、感情が読みにくいジト目でこちらの目を見つめてくる。

雰囲気で何かを求めているのが分かった。今度は俺に甘えにきたとか？

よし、尊敬される兄として――。

「……私を褒めさせてやる。そして、頭を撫《な》でさせてやる。感謝しろ」

「めっちゃ上から目線！　全く尊敬されてなかった！」

「……尊敬？　お兄のことは尊敬してない」

「バッサリかよ！　さすがに悲しい……！」

「……いいから私に可愛《かわい》い、可愛い、と言って……前みたいに頭を撫でろ」

前とは四人でネトゲをした日のことか。ノートパソコンのバッテリー切れで落ち込んでいた梨鈴を慰めるために頭を撫でたのだが……。

その時の要領で、目の前にずいっと向けられた頭を撫でてみる。

……褒めろとも言っていたな。

「可愛い。梨鈴は可愛いな」

「――――ッ」

目に見えて顔を真っ赤にさせ、梨鈴はうつむく。

意外と分かりやすい反応を見せるようになったのも、ここ最近の変化だろうか。

「……これはヤバい……心臓が木端微塵《こっぱみじん》に爆発しそう……」

「それは良くないな」

梨鈴の頭から手を離すと、「あっ」と寂しげな声が聞こえた。

どこか名残惜しそうに梨鈴が俺の右手を見つめている。

猫にも嫉妬する凛香ならこのタイミングで——と思ったが、凛香の姿が見えない。

「あれ、凛香は？」

「……お兄が黄昏《たそがれ》ている間に、下に下りた。朝ご飯ができているから、早く来てほしいとも言ってた」

「それで俺を起こしに来ていたのか……」

「……イチャイチャしていたけど。お兄、凛香さんを抱き枕にしていた」

「寝ぼけていたんだよ……！」

意識がはっきりしていたら、あんな風に凛香を抱きしめなかった。

そう思いながら凛香の細くも柔らかい肉体の感触を、そして温《ぬく》もりを思い出す。

意外と筋肉があるのか、柔らかさの奥に程よい硬さがあった気がした。

髪の毛もサラサラしていて——。

「……えろいこと考えてる」

「か、考えてない！　そ、それよりもさ……梨鈴、結構変わったよな」

「……露骨な話題逸らし……けど私は優しいから乗ってあげる。うん、私は変わった。考え方を変えたというより、割り切った」

「割り切った？」

「……私は賢くて心も強い、そこで逆転の発想をした」

「色々ツッコみたいけど……その逆転の発想ってなに？」

「……凛香さんはお兄の妻のつもりでいる。ということは、私の義理の姉になる」

「まあ、そうなるな」

俺と梨鈴も血の繋《つな》がりがないので、義理の兄妹《きょうだい》だけども。……義理だらけだな。

いやいや、凛香は自称お嫁さんだ。なぜか普通に受け入れていた。

「……つまり、妹として合法的に、一番尊敬している人に甘えることができる……！」

「…………」

「……前まではちょびっと遠慮してた。ふともももまでしか揉めなかったけど、今の関係ならお尻も揉みしだける」

「は？」

目の前の美少女が何を言っているのか理解できなくて、素っ頓狂な声を出してしまう。

義理の家族になった、だからお尻を揉みしだける？　なんだそれは。

「……尊敬している人を合法的にお姉ちゃんと呼ぶことができる……。下着も触っていい。いつでも甘えられる環境……これ、最高では？　冷静に考えてみると、究極の理想が実現されている……！」

ツーッ。梨鈴の鼻の穴から血が垂れてきた。

「欲望に忠実になっただけでは？」

「……環境の変化に対応できない人間は時代に取り残され、やがて老害扱いされる人間となっていく。それは若者も同じ。……常に柔軟に対応していくことが、現代の人間に求められている。ゆえに、私は私のこだわりをちょびっと我慢し、心の底にある欲望を解放することにした」

「君、常に解放してるよね？　普段から自由気ままじゃん」

とことん摑《つか》みどころがない女の子だ。人気アイドルは変人という法則でもあるのか？

「……それに、妹というポジションであれば、お兄に遠慮なく甘え――こきつかえる」

「勘弁してくれよ……」

ふんっと鼻息を荒くする梨鈴を見て、俺は苦笑するしかなかった。

☆

朝食を終えた後の自由時間。梨鈴と乃々愛《ののあ》ちゃんが二人で階段を駆け上がっていく。きっと梨鈴の部屋で何かをして遊ぶのだろう。リビングに残された俺と凛香は、自然な流れでソファに並んで座る。心が安らぐ落ち着いた時間が流れ始めた。

普段は梨鈴と乃々愛ちゃんのお騒がせコンビに振り回されることが多かったので、こうして凛香と二人で過ごすのは久しぶりかもしれない。

凛香も同じことを考えていたのだろう。

「久々ね……。二人で落ち着いた時間を過ごすのは」

「そうだなぁ。前まで梨鈴と凛香がギクシャクしていたし……」

「そうね……」

凛香が肩を密着させてくる。久しぶりに感じる恋人っぽい雰囲気に、心臓がうるさいほどドキドキしてきた。なんていうか……凛香が醸し出す雰囲気が甘い。

俺を見つめてくる目に熱っぽさがあって、何かを期待しているようにも感じられる。

「もっと和斗《かずと》と触れ合いたい……。近くにいるのに、距離があるように感じて……寂しかったの」

「それって……イチャイチャしたいってこと？」

「そ、そういうことに……なるのかしら……！」

上ずった声でそう返事し、サササッと俺から顔を背けてしまう。

その動作で肩にかかっていた髪の毛が流れ落ちた。

イチャイチャしたいと要求しながらもテレを隠し切れない様子。控えめに言って可愛かった。この可愛らしさは、乃々愛ちゃんに感じる可愛らしさとはまた別。

愛《いと》おしい……になるのだろうか？

「朝の……続きをしてほしいわ」

「朝の続きって……あれ？」

「そう、あれ」

改めてするとなると結構照れてしまう。恥ずかしさや緊張で胸が熱くなりながらも、身を委ねてくる凛香《りんか》の体を優しく抱きしめる。優しく髪の毛を撫でると、凛香が心地よさそうに短く息を吐き出す。

まさに恋人らしい時間に思えた。俺が理想とするイチャイチャに近い。

「今日はずっと……和斗のそばにいたい」

「――――」

甘くとろけるような凛香の囁《ささや》く声に、グッと息を呑《の》まされる。

梨鈴に対しては、しっかりとした先輩として振る舞っていたのに……。

俺と二人きりになると、別の自分をさらけ出して女の子らしくなる。

どんどん顔が火照り緊張してくるが、凛香の吐息が徐々に変化していることに気づいた。

すー、すー、とまるで寝息に――。

「いや本当に寝てるし」

完全に閉じられた瞼《まぶた》に、安心しきった緩んだ寝顔。俺に全てを委ねているのが分かる。

クール系アイドルが見せた可愛らしい隙だった。

「やっぱり疲れているんだな……」

夏休みが始まってからの凛香は早朝から出かけ、夜遅くに帰宅することが多い。日によっては深夜になることもあった。皆で食卓を囲める日の方が圧倒的に少ない。

梨鈴《りすず》曰《いわ》く、今の時代において未成年を深夜まで働かせることはめったにないそうだが、移動時間を含めると帰りが遅くなることもある……とのこと。しかも凛香の場合、時間があれば自主練習を行っているらしい。帰りが遅くなる日もあって当然だ。

凛香は『今が踏ん張りどころ』と言っていたけど……心配になる。

俺が確認している限りだと、睡眠時間が二時間もない日が多々あった。

家に帰ってきてからも部屋で何かをしているようだし……。

「今日は久々の休日、寝かせてあげよう」

凛香には、たっぷりと休んでもらいたい。ソファに寝かせようと試みるが――。

「……和斗……んっ」

寝ている凛香に抱きしめられ、ギュッと強くシャツを握られている。軽く揺すった程度では離してくれない。これ、どうしよっか……。身動きが取れないぞ。

困り果てるが、凛香の無垢《むく》な寝顔を見て考えが変わる。この状態が一番彼女にとって良いのかもしれない。そう判断した俺は、全てを受け入れる気持ちで抱き枕になるのだった。

☆

昼食の時間が近づいてきたので、俺は料理本を片手にキッチンに立っていた。

家の本棚にあったものを引っ張り出して読んでいるが……意味不明だ。

作りたい料理は親子丼。材料は買ってきた。調味料もすでにある。

やはり問題なのは料理本だ。

少々とか適量とか書かれているけど、どれくらいなのか分からない。

それが分からないから料理本を読んでいるんだけどな。

もっと初心者に配慮した説明をしてほしい。

「和斗、大丈夫？　やっぱり私が――」

「凛香は休んでいてくれ」

「けど……」

俺の後ろに立っている凛香が不安そうに声をかけてくる。信用できないのは当然だ。

なんせ俺はゆで卵の男なんだから。だとしても――。

「今日は一日、俺に甘えてほしい」

「和斗……！」

「凛香のために頑張りたいんだ」

「――――ッ！」

　そのリアクションは銃で胸を撃たれたかのようだった。凜香は胸を押さえ、小さな声で
「夫が私のために頑張ってくれる……」と呟《つぶや》く。正確には恋人のためだ。

「和斗、心の底から愛しているわ」

「えと、ありがと……」

「違うでしょ。そこは、俺も愛してる、と返すべきよ」

「お、俺も愛してるよ……凜香」

　恥ずかしさを堪《こら》えて言うと、凜香がだらしなく口元を緩めた。

　もう完全にクール系の仮面が粉砕されている。

「和斗の妻である私は、夫である和斗を信頼している……それこそ、身も心も捧《ささ》げられるほどに」

「お、おお……」

「だから、どんな料理を出されても美味《おい》しく頂くわ。たとえ紫色の料理だったとしても」

「どこのメシマズヒロインだよ。大丈夫、凜香に変なものは食べさせないから」

「ありがと……。あ、でも和斗のあれを入れてくれると――――いえ、なんでもないわ。気にしないで」

「え、なになに？　あれってなに？　気になるんだけど」

「私はリビングで待っているわ、和斗の写真を見ながらね」

「ちょ、凛香さん――――」

止める暇もなかった。キッチンから出ていった凛香はリビングに移動してソファに座る。

スマホを取り出し、画面を見つめてはウットリしていた。……ありゃだめだ。

ともかく、凛香は俺を信頼してくれたんだ。なら応えなければいけない。

そう決意するが、料理本を見て嘆く俺。少々とか適量とかってなんだ？

手順に従って料理をしようにも、まずそこで躓《つまず》く。

しょうゆやみりんをどれくらい入れたらいいか判断できなかった。

「……お兄、なにやらお困りの様子」

「梨鈴か」

振り返ると、いつもの毛布を着た梨鈴がボーッと立っていた。腹を空《す》かせてご飯をねだりに来たのだろうか。猫みたいだ。猫耳フードのパーカーとか似合いそう。

「……お腹《なか》空いた。どうして凛香さんじゃなくて、お兄がキッチンにいるの？」

「今日は一日、凛香に休んでもらうためだ。俺が昼食を作るから待っていてくれ」

「……不安すぎる。ネトゲと違って、クリックでは料理を作れない」

「言われなくても分かってる。分かってるんだけど料理本がなぁ」

手に持っている料理本に視線を落としてボヤいていると、梨鈴が「……どれどれ」と言いながら背伸びして開いているページを覗《のぞ》いてきた。

「……上記で用意した調味料を鍋に……砂糖を少々……。少々ってどれくらい？」

「だろ？　分からないだろ？」

「……料理に慣れている人しか分からない……。あと大さじ一杯ってなに？」

「スプーンですくった量のことだと思う」

「……スプーンの大きさによって、量が変わってくる」

「――――本当だ。くそ、もう何が正しいのか分からない……！」

絶望した俺は両膝を落として嘆く。料理ってこんなにも難しかったのか。

「……凛香さんに頼ろう」

「ダメだ、今日くらい凛香に休んでほしい。普段はアイドル活動で忙しいんだから」

「……私もアイドル………」

「凛香よりは働いてないだろ？」

「……そうだけど、これでも人気アイドルの部類……割と忙しかったりする」

「全然そんなふうには見えないけどな」

「……必要以上に慌ただしくしている人間は、不器用もしくは忙しいアピールをしているだけ。私のようにできる人間は、忙しそうな雰囲気は出さない」

「そ、そうか……」

まあ一般人の俺がとやかく言えることではない。実際に働き、実績を出している梨鈴の言うことを否定できるわけがなかった。

にしても……ほんと料理ってどうすればいいんだ。

分量を間違えたら変なことになりそうで怖い。

どうしようか悩んでいると、タターッと軽快な足音が近づいてきた。

この足音の感じは乃々愛《ののあ》ちゃんだ。ハッと顔を上げると、やはり乃々愛ちゃんが目の前まで来ていた。ニコニコとした可愛《かわい》らしい笑顔で、こちらを見下ろしている。

「ねねっ、なにしてるのー」

「お昼ご飯を作ろうとしているんだ……。けど、調味料をどれくらい入れたらいいか分からなくて」

「えとね、よくわかんないけど、おいしいものをたくさん入れたらいいよっ！」

「美味しいものを……沢山？」

「うんー！　カレーにね、ケーキを混ぜたら、よりおいしくなると思うのっ！」

「さ、さすが天使……！　人間を遥《はる》かに超越した発想……俺には思いつくことすらできない神がかり的なアイデア……やはり天使か！」

「……お兄、乃々愛ちゃんが好き過ぎて頭がおかしいことになってる」

「何を言っているんだ。乃々愛ちゃんの可愛らしさの前には、誰だって正気を保てなくなるだろ」

「……それはそう。乃々愛ちゃん天使」

同志を見つけた俺は立ち上がり、梨鈴と目を見つめ合って固く握手をする。

また一歩、兄妹《きょうだい》としての絆《きずな》が育まれた。

……ふと『あれ？　俺、どんどんポンコツになってね？』と思ったが、気のせいということにしておいた。俺まで変人になったら常識人がこの世界から消えてしまう。

「……？」

握手をやめて手を離すと、梨鈴が自分の手を見つめてボーッとしている。

俺の手、ちょっと汗ばんでいたかな？　何かを気にしている。

急に恥ずかしくなってきたので空気を変えるべく、俺はカラスの止まり木のリーダーとして強く発言することにした。

「よし！　これもクエストだ！　三人で美味しい親子丼を作るぞ！」

「「…………」」

うん、そうだよな。分かってた。

☆

「これが、三人で協力して作った親子丼ね……」

テーブルに並べられた四人分の親子丼を見て、椅子に座っている凛香《りんか》が嚙《か》みしめるようにそう言った。個人的には、そこまで悪くないと思う。

鶏肉《とりにく》の大きさはバラバラで、一口で食べられそうなものもあれば二口以上必要になる大きい鶏肉もあるが、ちゃんと火は通っている。

卵もところどころ焦げていて金色からは程遠いが、ちゃんと火は通っている。

白米の方だって水の量を間違えて多く入れてしまい、じゅくじゅくした感じがあるが、ちゃんと最後まで炊いている。

………最悪だな、これは。全然見た目が美味しそうじゃない。

凛香は文句こそ言わないが、目の前に差し出された親子丼を見て口を引きつらせていた。

そりゃそうだ。料理が趣味とまで言っている人からすれば、口にしたくないほどの出来栄えに違いない。

「ごめんなさい……。水、まちがえちゃった……」

「……乃々愛ちゃんは悪くない。私の判断ミス」

「梨鈴お姉ちゃんは悪くないよ。わたしが……」

「……ううん。水は多い方が、お米が大きく膨らんで沢山食べられると考えてしまった私のミス」

本当に梨鈴《りすず》が悪いパターンじゃないか。やはり俺が確認しておいた方が良かったか。

包丁と火を扱う作業は俺が全て担当し、それ以外の危険度が低い作業を二人に任せていた。だからまあ……三人の責任だな、これは。

「よく頑張ったわ三人とも。ここまでの形にできるとは思っていなかった」

「……期待されていなかった？」

「料理を初めてする人たちが、ここまでできるとは思っていなかったの。褒めてるのよ」

「……私たち、すごい？　ぎゅへへへへ」

優しく微笑《ほほえ》む凜香に、俺たち三人はホッと胸を撫《な》でおろす。

若干一名、とんでもない笑いを漏らしているが……。

「……乃々愛ちゃん。私の部屋で一緒に食べよう」

「ここでみんなと食べないの？」

「……乃々愛ちゃんと二人きりがいい」

「えと、うーん……いいよっ」

二人が自分の親子丼をお盆に載せて二階に向かおうとする。

「もしかして梨鈴――」

「……私は、天使を独占したいだけ」

こちらに振り返ることなく、梨鈴は乃々愛ちゃんを連れて階段を上がっていった。気を遣ってくれたんだろうな……。

　俺と凛香、二人きりの時間を過ごしてほしいというものだ。

「和斗《かずと》、早く一緒に食べましょう」

「う、うん」

　笑み混じりに誘われ、俺は凛香の隣席に座る。目の前の親子丼に目をやり、改めて凛香が作る料理とは雲泥の差があることを思い知らされた。

「やっぱり凛香には敵《かな》わないな。味もそうだけど、見た目が全然違う」

「大切なのは作る人の思いよ。この料理からは、和斗とあの子たちの思いが伝わってくるわ。ほら、とても美味しそうじゃない」

　どう見ても失敗している親子丼を見ながら、まるで我が子を慈しむような愛情溢《あふ》れる喋《しゃべ》り方をしていた。

　あぁ、これが水樹《みずき》凛香。形に囚《とら》われるのではない。

　あくまでも本質を重視し、相手の気持ちまで考慮して喜んでくれる。

　こんなにも魅力的な女の子が、他にいるだろうか。

「凛香……！　俺、凛香の恋人になれて本当に良かった……！」

「ふふ、変なことを言うのね。私たちは恋人ではなく夫婦よ」

「あ、はい」

こういうところも凛香だった。

「ねえ和斗。今日は一日……甘えて、いいのよね？」

緊張、ではなく恥ずかしさだ。頬を染めた凛香が、慎重に尋ねてきた。

「もちろん。今日だけに限らないけど、してほしいことがあれば何でもするよ」

「え、何でも？」

「常識の範囲でね」

「………そう」

目を輝かせた凛香だが、一瞬で光を失った。なんで残念そうなんだよ。

気を取り直したのか、今度は箸を手にしてお願いしてきた。

「あーんをしてほしいの」

「あーん、ですか……」

「だめ……？」

目を潤ませた凛香が、ジッと俺の目を見つめてくる。これはダメだ、可愛い。

「い、いいよ。いいに決まってる」

「ありがと……さすが私の夫ね。大好きよ」

「――ッ！」

流れるように大好きと言われて心臓がドキッとビックリした。いずれショック死するかもしれない。

俺は微《かす》かに震える右手で箸を操り、卵が絡んだ鶏肉をつまんで持ち上げる。

「ん……」

目を閉じ、凛香がこちらに向けて口を開けてきた。そういう顔も可愛いな……。なぜ目を閉じているのか分からないけど。

色々な意味でドキドキしつつ、その口に鶏肉を運ぶ。

食べてもらったので、箸を引いて凛香のリアクションを待った。

食べ終え、飲み込んだ凛香はゆっくり目を開いて「とても美味《おい》しいわ」と微笑み混じりに言ってくれた。ひとまずホッと胸を撫でおろす。味も何とか問題ないらしい。

「次、お願いしていいかしら」

「分かった」

ひたすら凛香に親子丼を食べてもらう。

本当に美味しそうに食べてくれるので、不安な気持ちから嬉《うれ》しい気持ちに変化していった。凛香が料理を楽しむ気持ちのほんの一部を理解できた気がする。

好きな人に美味しいと言ってもらえる、それだけで心が満たされた。

「あら、ごめんなさい。私だけ食べているわね」

「いいよ、気にしないで」

「そんなわけにはいかないわ………ほら、あーん」

今度は凛香が箸で鶏肉をつまみ、俺の口に向けてきた。

こ、これは……あーんで食べ合うということか……!?

「和斗、早く」

「あ、あーん………」

急《せ》かされて目の前の鶏肉を食べに行く。咀嚼《そしゃく》するが、なんだか自分の料理とは思えなかった。別にまずくない。普通に食べられる。

「次、私の番よ」

という感じで順番に食べさせ合う。正直、食事スピードが恐ろしく遅い。

だが、それでいい。二人の時間を心ゆくまで堪能しているのだから。

食事が目的ではなく、二人で食べさせ合いイチャイチャするのが目的なのだから――。

そう、これこそが恋人！

ネトゲ廃人の俺が想像していたイチャイチャそのもの……！

「どうしたの、和斗。そんなだらしない顔をして」

「いや、恋人って感じがしてさ」

「恋人ではなく夫婦よ。それも深く愛し合う夫婦」

「でもさ、この初々しい雰囲気というか……ぎこちない食べさせ合い、恋人そのものって

感じがしないか？」

「……………」

「俺、こういうのに少し憧れていてさ…………あ、次俺の番だよな」

あーん、と口を開けて待つ。しかし――――。

「…………もう、しない」

「えっ！」

「やめよ」

「な、なんで!?」

拗《す》ねてしまった凛香が唇を尖《とが》らせ、プイッと顔を横に向けてしまった。

どうして……？　あ、まさか。

「俺が恋人っぽい雰囲気って言ったから……怒ったの？」

「私の夫は何度言えば分かるのかしら。私たちは夫婦なの。そろそろ夫だと自覚してほしいわね」

「そ、そんなこと言われても……」

「本当なら結婚指輪をしてほしいくらいよ。でないと、他の女たちが和斗に群がっていくもの」

「それはないってば」

「あるわ。プールで逆ナンをされたのでしょう？」

「前にも言ったけど、あれは乃々愛《ののあ》ちゃんが声をかけられただけで……」

「ならどうして和斗にも興味を示すのよ。話を聞いた限りだと、和斗に話しかけるきっかけ作りとして、乃々愛を可愛《かわい》がったようにしか思えないわ」

「ええ……」

怒っているというよりは拗ねている様子。独占欲というやつだろうか……？

そこまで想《おも》われて嬉しいけれど、たまにどう対応したらいいのか分からない時もある。

「前にも言ったけれど、和斗はモテる自覚を持った方がいいわね。夫がモテた時の対処法を知らないのは、妻としてとても不安になるの」

「凛香も……あまり人のこと言えないと思うけど」

話を蒸し返された挙句、一方的に責められたので言い返してしまう。

「私？」

「うん。人気アイドルの凛香はモテるだろ？　それも全国の男たちから……」

「私はどんな男に言い寄られても、和斗への愛は揺るがないわ」

「俺も同じだよ。けどさ、たまに思っちゃうんだよ。凛香には俺だけのアイドルになってほしいというか、独り占めしたいというか――あ、いや、アイドルをやめてほしいってわけじゃないから！　頑張っている凛香も好きで……凛香？」

　自分は何を言っているんだと心の中でつっこみを入れて冷静になり慌てて言い繕うも、目の前にいるクール系アイドルの反応がおかしいことに気づいた。

　状況が分からないとばかりにポカンとしていたが、次第に口元をだらしなく緩める。

　いわゆる、ニヤニヤ。我慢できずに漏れた笑みだ。

　凛香《りんか》の微笑みは何度か見たことがあるが、ここまで露骨なニヤニヤは初めて見る。

「そ、そうなのね。妻のことが好き過ぎる夫、それは分かっていたけれど、まさか私を独り占めしたいとまで……。も、もう、色々考えていた私の方がバカらしいわ」

「その、凛香？　ニヤニヤしすぎ……」

「ニヤニヤ？　私が？　するわけないでしょ」

　スッと真顔になる凛香。だが次の瞬間、またしてもフニャッと口元が歪《ゆが》む。

「あ、またニヤニヤしてる」

「してない」

「してる」

「してないわ。ほら、これで……っ！」

　凛香は両頬を横にビョーンと引っ張り、表情を無理やり崩した。そこまでするの？

「な、何て顔を……可愛いんだけど」

「わひゃひはにやにやひない。くーるへえいあいひょるふぁふぉの」

「何を言っているのか全然分からないです……ッ！」

不思議なことで強がる可愛いクール系アイドルだった。

☆

平和に一日が過ぎ去り晩を迎える。家の掃除といった家事は俺が積極的にこなし、衣類関係は梨鈴《りすず》にぶん投げた。さすがに女子の下着を触る勇気はない。なにやら洗濯機の使い方で苦戦している様子の梨鈴だったが、凜香に優しく教えてもらっていた。

結局負担が――と思ったが、梨鈴に教えるのが楽しいらしく、凜香は微笑を常に浮かべていた。そして晩飯は宅配ピザに頼った。サボったのではない。堅実的な判断を下したまでのこと。お昼でエネルギーを使い果たした。

まあパーティーみたいだと乃々愛ちゃんが喜んでいたので問題ないだろう。

家事で忙しくバタバタする時間が続いていたが、何とかお風呂に入る時間まで耐え凌《しの》いだ。これで一日は本当に終わり。寝るまでゆっくり凜香と過ごせる……。

「……乃々愛ちゃんのパジャマ姿……何度見ても可愛い……！」

「梨鈴お姉ちゃんもね、かわいいよっ！」

「……天使に褒められた……！　つまり私は人類で一番可愛い」

お風呂から上がったばかりの二人が、仲良さそうにして二階に上がっていく。一緒に入ってたらしい。次は凛香がお風呂に入る番だな。俺は最後でいいやと思いリビングのソファで寛《くつろ》ぎながら【黒い平原】の攻略サイトをスマホで読んでいた。

「和斗《かずと》、いいかしら」

「ん、なに？」

話しかけられ、顔を上げる。『すでにのぼせてる？』と聞きたくなるくらい、凛香の顔が真っ赤になっていた。それに緊張してるのか、体をモジモジさせ、何やら喋《しゃべ》りにくそうにして俺の顔をチラチラ見てくる。

「い、以前した約束を覚えているかしら？」

「約束？」

「ええ。私が和斗の頭と背中を洗ってあげた時にした約束……」

「えと、何か約束したかな？」

「約束ってほどではないけれど……私も、和斗に頭や体を洗ってもらおうかしらと……」

どんどん声が小さくなっていくが、凛香が何を言いたいのか理解する。そんな感じの話をしたなぁ。ボンヤリと思い出す。そして何を要求されているのか理解してドキッとした。

「今日は一日、甘えていいのよね？」

「まあ、うん……」

「私たちは一緒に外へ遊びに行けないでしょう？　ならせめて家の中だけでも……て思っちゃうの」

「凛香……」

彼女の言う通りだ。俺たちは付き合ってから初めての夏休みを迎えたのに、何一つとしてリアルでのイベントをこなしていない。いや、こなせない。

凛香が忙しいのもあるが、忙しくなくても一緒に出かけるのは難しい。

ならせめて家の中でのイベントをこなしたい……という気持ちも激しく共感できた。

「それに私、夏休みの終わり直前まで……まとまった時間を確保できない可能性が高いの。今日は忙しくなる期間に向けての休日という意味もあったのよ」

「そうだったんだ……」

「で、でも夫婦として、一緒にお風呂に入るのは当然のことよ。今まで別々だったのがおかしいくらいなんだからっ」

照れやら恥ずかしさやらで顔を赤くしている凛香だが、最後は強がるようにして強い口調で言い切った。相変わらず妻のつもりでいても照れは健在か。

俺は可能な範囲で凛香の支えになりたい。問題は俺の理性。

凛香は純粋な意味で一緒にいたいと言っている。

俺も気持ちは同じだけれど、思春期の男として反応する部分も否定できない。

何とか凛香の気持ちを裏切らないようにしなくては。

この間、俺の理性が吹っ飛んだ時、凛香は『まだそういうことは早い』と言っていたしな……。きっと俺が本気で求めれば、凛香は受け入れてくれるだろう。

でもそれは違う。

お互いが何も気にしない時期になってから――――。

「和斗、そんなに悩むことなの？　私とお風呂に入るのが……嫌？」

声が微《かす》かに震え、大きな瞳は不安で揺れている。……俺は彼氏として、頑張るべきだ。

「全く嫌じゃないよ。一緒に入ろう」

俺がそう言うと、凛香がホッと安堵《あんど》する。最後のイベント、何とか耐えてみせるぞ。

☆

脱衣所で裸になった俺は水着に着替えて深呼吸をする。凛香はすでに浴室の中。

前にも一度だけ水樹《みずき》家で一緒にお風呂に入った。でもあの時の凛香は服を着ていた。

今回は裸……裸だぞ。

電気を消すことを提案しようか考えたが、視界が悪くなるとかえって変なところを触ってしまう可能性を考え、やめておいた。

「落ち着け、俺。俺たちは恋人だから問題ないし……なんなら凛香は夫婦のつもりでいる……ふ、普通に行くんだ」

暴れまくる心臓を落ち着けるため、必死に自分に言い聞かせた。

ドアに手をかけ、慎重に横に引いて開ける。視界に飛び込んできたのは、シャワーの前で風呂椅子に座る凛香の──真っ白な背中と後ろ髪。真っすぐに伸びた背筋が綺麗《きれい》だ。

「────」

一瞬で心拍数が跳ね上がったのが自分でも分かる。

「か、和斗?」

こちらに振り返らず、凛香が尋ねてきた。緊張しているのが分かるほど声がうわずっている。俺も緊張を隠し切れず「う、うん」と震えた声で返事をした。

浴室に踏み込み、ドアを閉め、やや距離を置いて凛香の後ろに風呂椅子をセットして座る。俺たちは口を閉ざしたままピクリとも動けずにいた。

「お、思ったより……緊張するわね」

「前は普通だったじゃないか」

「あ、あの時とは……全然状況が違うわよ」

確かに。納得しつつ凛香の後頭部を見つめ、耳まで真っ赤になっていることに気づいた。

そこまで恥ずかしがっているのに、夫婦としての行動をしたがるんだよなぁ……。

「じゃ、じゃあ……頭をお願いしていいかしら」

「わ、分かりました……！」

凛香を視界に入れないようにしながらシャワー近くに置いているシャンプーのボトルを手に取り、ポンプを押して中身を手に垂らす。リンスインシャンプーというやつだ。

凛香の背後に立った俺は、『凛香のつむじってこんな感じなんだ～』と半ば現実逃避しながら凛香の頭に触れた。

「――あっ」

「凛香？　大丈夫？」

「え、ええ、大丈夫よ。ちょっとビックリしただけ」

「そっか……。じゃあ、続けます」

どうやって女の子の髪を洗ったらいいんだろう。疑問を抱きながら爪を立てないように気をつけて凛香の頭を洗う。一切の引っ掛かりがなく髪の毛の間を指が通り抜けた。触っていて心地が良い。いや俺が楽しむのは違うだろ。

日頃の疲れを癒してもらうつもりで、丁寧に凛香の髪の毛を洗っていく。頃合いを見てシャワーで丹念に洗い流し、自分が汗をかいていることに気づいた。女性の髪の毛を洗うのは結構大変だ……。煩悩が消え去るほど没頭していた。

「ありがとう和斗。とても気持ちよかったわ」

「そっか、それは良かった」

「次は背中をお願いするわね」

「………………」

ボディソープを染み込ませたタオルを用意し、すぐ目の前にある真っ白な背中を見つめ、またしても心臓が高鳴る。曲線を描く浮き出た肩甲骨のライン、真ん中の窪《くぼ》んだ線がお尻に向かって――――っ。

「……和斗？」

「な、なんでもないですッ」

女子の背中を至近距離から見るのは初めてだが、美しいという感想が先に出てくる。

視線を下にやり過ぎるとまずいが……！

俺は肌に傷をつけないことを意識しながら、ボディタオルで凛香の背中を擦《こす》る。擦るたびに「ふっ、んっ……んっ」と妙に艶のある声を漏らされ、頭の奥がツーンとしていく。

無心を心掛けて背中を洗い終えると、これまで同様凛香が振り返らず話しかけてきた。

「前は………どうしましょう」

「そ、それは自分でしてくれると……」

「べ、別に夫婦なのだから気にしなくていいけれど……夫に無理をさせるわけにはいかないものね。前は……自分でするわ」

何の強がりだよ……。どきどきしながら呆《あき》れるが、後ろから凛香《りんか》の手にボディタオルを押し付ける。あと俺も自分を洗いたい。

「凛香、俺も体を洗いたいんだけど……隣に行っていい？」

「――――す、好きにしたらいいと思うわ」

声がうわずり、明らかに動揺していた。強がっているな。

俺は凛香の隣に移動し、まずは頭を洗おうとシャンプーを手にする。すぐ隣には服を着ていない凛香……。落ち着け、とひたすら心の中で唱えて頭を洗い始める。

気持ちとしては機械。ほぼ自動操作みたいな感覚で頭を洗い終え、体も洗ってしまう。

隣から視線を感じ、思わず顔を横に向けた。凛香とバチッと目が合う。

「あ、その……水着を着ているのね………卑怯《ひきょう》だわ」

「えと、ごめん……」

なぜか謝ってしまった。下に行きそうになる視線を堪《こら》え、宙に彷徨《さまよ》わせる。

「じゃあ、湯舟に入りましょうか」

そう言って立ち上がりそうな気配を見せたので、咄嗟《とっさ》に顔を正面に戻した。

ちゃぷんと水面を揺らす音が聞こえたので、こっそり横目で浴槽の方に目をやる。凛香は体を小さくさせて端っこにちょこんと座っていた。うつむいているので表情が確認できない。湯につけないようにするためなのか、髪の毛をくくっていた。

「ほら、和斗も早く」

「は、はい……っ」

凛香の近くに行く勇気がない。こっちから見て凛香は右端にいるので、俺は左端に移動して湯舟に足を入れる。静かに体をお湯に沈めていき、背中を見せている凛香に向き直った。……やっぱり恥ずかしいんだ。積極的なくせに恥ずかしいんだ。

めちゃくちゃ恥ずかしいのに夫婦として行動しようとするから、ちぐはぐなことになっている。今までもそうだったよなぁ。

「そ、そっちに行ってもいいかしら」

「え――――」

返事をする暇もなかった。水面を揺らし、凛香が背中を向けたまま近づいてくる。

すぐに凛香の腰辺りが、ちょんと俺の脚に当たった。そこからどうするのかと思いきや――もたれかかってきた。凛香の後頭部が俺の胸に預けられる。これは…………まずい。

お湯の熱ではなく、別の熱が脳みそを溶かしてくる。

そして俺の動揺を空気で感じ取ったらしい凛香が――――。

「き、きき、緊張……してるのかしら？　ふ、ふふ……夫婦なのに…………へ、変なお、おぉ、夫ね……っ！」

俺以上に激しく動揺し、言葉をまともに発せていなかった。

「り、凛香も緊張しているじゃないか。耳が……真っ赤だ」

「――っ。それは……お湯のせいよ」

妙なところで強がる。もう俺は強がる余裕もない。今自分が、恥ずかしいのか、緊張しているのか、理性が崩壊しかけているのか……そんなことも分からなくなっている。

頭の中がぐじゃぐじゃだ。ぐわんぐわんと眩暈《めまい》までしてくる。

すさまじい熱気に全身を包まれる中、不意に凛香が言う。

「また一つ、夢が叶《かな》った」

さっきまでと違い、落ち着いた声だった。今の状況を素直に認識している。

俺も影響されて少しだけ冷静さを取り戻した。

「夢？」

「ええ、愛している人と仲良くお風呂に入るのも夢だったの……。和斗《かずと》は私の人生をどんどん豊かにしてくれる……言葉では表せないほど大好き……愛しているわ」

「――――ッ」

純粋すぎる。今すぐ抱きしめたい衝動に駆られた。でもまずい。

凛香なら受け入れてくれる気はするが、色々とまずい。

お湯の熱と腹の底から噴き上がる熱が脳の奥まで浸食し、とろとろに理性を溶かしていく。――――いやダメだ。

凛香は、この時間を純粋に楽しんでいる。

なら俺もそうするべきなんだ……！

「これからも、一緒にお風呂に入りましょうね」

「ウ、ウン」

「…………？」

俺のロボット返事に、凛香が振り返らずして訝《いぶか》しむ。

理性が溶けるならば、自我も溶かせばいい。

今の俺は人間の形をした物体。

意識を殺せ――――。

…………。

それから一体、何分が経過したのだろうか。

「和斗。そろそろ、上がる？」

「……俺は、もうちょっと浸《つ》かってるよ」

「分かったわ。先に上がるわね…………あ、目を閉じてもらえると……嬉《うれ》しいわ」

「まかせてくれ」

ギュッと目を閉じた直後、胸に感じていた重みが離れていく。

凛香が立ち上がったのだろう、水を散らす音が聞こえ、水しぶきが顔にかかった。

そしてドアの開閉音が浴室の壁に反響し――静かな時間が流れ始めた。

「…………ふぅ」

耐えた、耐えてみせたぞ。今更だが、凛香と付き合うのは大変かもしれない。

夫婦と言いながら密着してくるのに、純粋な心が災いして性的な方に行かない……。

ある意味、生殺《なまごろ》し。

「もし俺がネトゲ廃人じゃなかったら……とっくに理性はやられていたな」

修行僧のようにパソコンに向き合い続けたからこそ磨かれた精神力。

俺は自分に自信を持っていいはずだ。

☆

あらゆる意味でのぼせそうになっていた俺は、脱衣所から凛香の気配が消えたのを感じ取る。ドア越しに誰もいないことを目でバッチリと確認し、ホッと息を吐きながら浴室から出た。下手したら十八禁展開になっていたところ……。

入念に頭と体を拭き、緩い部屋着に着替える。

飲み物を確保するため、冷蔵庫のあるキッチンに向かった。

「お、梨鈴《りすず》」

ちょうど梨鈴も用があったらしく、冷蔵庫のドアを開けているところに出くわす。

「……凛香さんとお風呂でイチャイチャしたお兄も、飲み物を取りに来たの？」

「い、いちいち言わないでくれ……！　ほんと恥ずかしいから」

「………」

「……梨鈴？」

もっと何か言ってくると思ったが、梨鈴は冷蔵庫の中を見つめて何も言わなかった。

どうしたんだろう。ちょっとらしくないな。

疑問に思っているのも束《つか》の間《ま》、何かを決心したように梨鈴は顔を上げ、こちらを見据えてハッキリと言ってきた。

「……今晩、凛香さんと寝てほしい」

「えと、えっ？　寝てほしいって……え？」

「……凛香さんは、お兄に見せないようにしているけど……とても疲れている」

「あ、ああ……」

お風呂での一件が余韻として残っているのだろうか、ピンク色な想像をしてしまった。

そんな俺に気づかない梨鈴は話を続ける。

「……肉体だけではなく、精神的な意味でもとても疲れている」

「精神的？」

「……うん。光が強くなるほど、闇も濃くなる」

「中二病的な言い回しだな」

「……中二病じゃない」

「もしかして、アンチ的なこと？」

俺の予想は当たっていたようで、梨鈴はコクッと頷《うなず》いた。

「……どの世界でも同じだけど……人気が出るほど、批判も多くなる。凛香さんの場合、強い姿勢を貫いているから余計に多いかも」

「強い姿勢を魅力と感じる人の方が多いだろ？」

「……うん。でも、批判や悪口の方が、目立ちやすいのが人間の世界……否定する声の方が大きい」

「……」

実感を伴った言い方をされ、息を呑《の》まされた。

梨鈴はパフォーマンスの意味合いでＳＮＳが炎上することがある。

それがキャラとはいえ、本当に批判されることも多いはずだ。言葉に重みがあった。

「……同業者からも嫌味を言われたりとか……妬まれることも少なくない」

「同業者って、同じアイドル？　どうしてそんな……」

「……解散の危機はあったけど、スター☆まいんずは早い段階で成功している。色々思われることも少なくない。とくに凛香さんは天才肌だから………」

「そっか」

ちょっとした裏話を聞かされた気分だった。表面上を見ているだけでは全く想像できない世界が広がっている。とはいえ人間の心理を考えると、納得できる話でもあった。

身近な話でたとえるなら、少し勉強しただけでテストで高点数を取る人がいる。こっちは必死に勉強しても平均点を超えるのがやっと……みたいなことになれば、そりゃ嫉妬するし妬む気持ちも多少は生まれてしまうかもしれない。

「……凛香さんは色々言われやすい。最近は勢いもあるせい」

「アンチとか気にしないタイプに見えるんだけど」

「……周りから見れば気にしていないように見えるし、本人も気にしていないと思っている。でも、自分に対する言葉は、全部目を通す人。どうしても気にしてしまう」

「………」

「……凛香さんはスター☆まいんずの中で、一番批判に弱い」

梨鈴は事実を述べている。同じグループの者としての発言………重みがあった。

「全然、そんなイメージがなかった」

「……昔、凛香さんが隠れて泣いているのをたまたま見たことがある。強くて弱い人」

矛盾した言葉だ。でも梨鈴の言っていることが本当なら適切な表現だろうか。

「……凛香《りんか》さんを一番癒してあげられるのはお兄」

「それで、今晩は一緒に寝てほしいと？」

「……うん。好きな人と一緒に寝ると、とても幸せな気持ちになれる」

「まあ、そうだなぁ」

「……凛香さんの場合、とくにそう。……あ、で、でで、でも……え、えっちなことは……まだしないでほしい」

「お、おぅ……っ！」

瞬間湯沸かし器のごとく顔を沸騰させた梨鈴が、声を震わせながら言ってきたので深く頷いておく。とにかく梨鈴の気持ちは痛いほど伝わってきた。

そして俺は、凛香について理解していないことが多いことを知った。

アイドル活動を共に行えない以上、どうしても共有できない経験があるのは当然なんだけど……。悔しい気持ちが胸の中に満ちていく。

「あ、かずとお兄ちゃん！　今日ね、一緒にねていい？」

どこからともなく現れた乃々愛《ののあ》ちゃんが、ガシッと俺の右脚にしがみつきながら甘えてきた。ほんと急に現れたな……。

「……乃々愛ちゃん。今日は私と寝てほしい」

「いいよ！」

え、そんな簡単に心変わりするの？　まあ子供ってそういうものか。

それに乃々愛ちゃんと梨鈴は本当に仲が良いようだし……。

「……お兄、凛香さんのことよろしく。というわけで………でへへ、天使と二人きりの夜……でへへ」

犯罪者みたいな危ない笑みを漏らす梨鈴は、乃々愛ちゃんの右手を握りしめて去っていく。もはや誘拐。……あれ、大丈夫？　警察呼んだ方が良くない？

「………さて、凛香のところに行くか」

こっちから誘うのは緊張するが……梨鈴からあそこまで言われた以上、ヘタレるわけにはいかない。凛香が無理をしているなら尚更《なおさら》だ。

二階に上がった俺は、廊下の突き当りまで移動する。

目の前の部屋は、母親の寝室。今は凛香の部屋だ。

「凛香、ちょっといい？」

ノックしながら声をかける。ドアが開かれ、凛香が顔を覗《のぞ》かせた。

パジャマ姿だ。紺色の半袖シャツと白色の短パン。カーディガンを羽織っている。

何度見ても思う、可愛《かわい》いと。

「どうしたの？　あ……もしかして愛する妻と一緒に寝たい………そういうことね」

「うん」

「そうよね、違う――――えっ」

「今日はさ……俺の部屋で、一緒に寝ない？」

「――――ッ」

凛香は口をパクパクとさせ、目を見開く。驚きすぎだ……。

「か、和斗《かずと》の方から誘ってくれるなんて……初めてのことね。ようやく妻の魅力に参ったのかしら」

「いや、同じクラスになった日から参ってるよ」

「そ、そう……そう…………っ」

クールの欠片《かけら》もなく顔を真っ赤にさせた凛香は、気持ちを落ち着けるように自分の髪の毛を何度も撫《な》で始める。

俺も結構緊張しているが、梨鈴の話を聞いたせいだろうか。

ドキドキしながらも自分の気持ちを貫ける心境になっていた。

「凛香、おいで」

「は、はい……」

なんか、かしこまっているんだけど……？

不思議に思いながら、凛香の手を優しく取って自分の部屋に向かった。

☆

凛香を連れて自室に入ると、今まで嗅いだことがない匂いが漂ってきた。

これは化粧水？　それよりも濃くない匂いだが、気分が良くなってくる。

薄く行き渡るように部屋内に充満しているようだ。

「アロマね。和斗がこういうのに興味を持っていたのは少し以外かしら」

そう言った凛香は、テーブルに置かれている数本の串っぽい棒が入れられた瓶に目をやった。なんだあれは……。置いた覚えがない——梨鈴か？

どう考えても犯人は一人しかいないな。薄《うっす》ら思い出したが、あれはリードディフューザーというやつ。昔、ネット上でチラッと見た気がする。

「用意したのは俺じゃない。きっと梨鈴だ」

「あの梨鈴からプレゼントしてもらえるなんて……本当に仲が良くなったのね」

「そうだなぁ。憎まれ口を叩《たた》かれるけど」

「ふふ、それがあの子よ」

おかしそうに笑う凛香を見て、確かに……と納得する。

あとアロマは俺にではなく、凛香のためだと思う。

「匂いのせいかしら……ドキドキするような、変な気分になってくるわね」

その言葉にうそはなさそうだ。さっきから落ち着きなくそわそわしている。

自分を誤魔化すためか、凛香はそそさくさと俺のベッドに潜り込んでしまった。

俺も寝ようか。掛け布団をめくり、凛香の隣に寝転んでからリモコン操作で電気を消す。

次の瞬間、待ち構えていた凛香が抱きついてきた。

それも乃々愛ちゃんがするようなコアラみたいな抱きつき方だ。

俺の首に手を回してしがみつき、より密着するためか、俺の下半身に片脚を乗せてくる
……。好きな人から、それも人気アイドルからこんなにくっつかれたら、性別問わず誰だってドキドキするはずだ。

でも今の俺は、自分でも驚くほど落ち着いた心で受け入れていた。

梨鈴《りすず》から凛香のことを聞いたのもあるし、アロマの匂いがリラックスさせてくれているのもある。

だが、理性だの何だの、オタオタしているのが心底馬鹿らしくなっていた。

好きな人と過ごす……それ以上でもそれ以下でもない。

いやドキドキはしているけど。落ち着いているけど平常心というほどでもない。

「なんだか今の和斗、少し違うわ」

「え、そう?」

「たまに見せる、積極的な和斗の方ね」

積極的というよりは開き直っている、と言った方が正しい気がする。

「夫とこうしていられる時間は、とても尊いわね。大好きな人の匂いや温《ぬく》もりを直接感じられるもの……」

リラックスし、脱力しているのだろう。鈴が鳴るような綺麗《きれい》な声音が、今は柔らかく耳心地がいいものになっていた。まあ凜香の声はいつ聞いても心地よく感じる。

「アイドル、やっぱり大変？」

「ええ。やりがいはあるけれど……」

濁した言い方だった。暗いので顔は視認できないが、苦々しい表情をしていそうだ。

精神的な意味で、俺は凜香がどのような苦労をしているのか知らない。

結局一般人の俺では、全てを見ることも知ることもできないのだ。

だからずっと気になっていたことを聞くことにした。

「凜香はさ、どうしてそんなに頑張るの？」

「皆を笑顔にできるからよ」

即答。凜香らしく迷いがない。けれど、次に出てきた言葉は躊躇《ためら》いが混じっていた。

「最近は……迷っている」

「迷ってる……？」

「最初は奈々《なな》に誘われたのがきっかけだったの。奈々に付き合っていただけ……。でも全然うまくいかなくて意地になった。グループの皆に練習を強要したり、自分を追い込んだり……」

心の奥深くに埋まっていた感情を掘り出しているのか、ポツポツと凛香は本音を吐き出していく。これは自分の考えを知ってほしいのではなく、ただ聞いてほしいのだろう。

「そんな時にね、ネトゲを始めてカズと出会った。次第に心が軽くなっていって……アイドルの方も上手《うま》くいきだして、多くの人から喜ばれるようになったわ。それが楽しくて……やりがいを感じ始めたの」

少しだけ声を弾ませて言っていたが、次の言葉からは暗いものに変化する。

「でも今は……私を求めていない声も多い。この間、とあるサイトで冷血鉄仮面と一部の人たちから呼ばれていることを知ったわ。まあ表情が乏しい自覚はあるから気にしていないけれど」

いや気にしている。そう口に出す時点で気にしている。

気にしていない自分を作り上げている。一種の演技。

そのことに本人は気づいていない。梨鈴の言う通りだな……。

「歌やダンスが下手くそだとか、知名度と実力が釣り合っていないとか色んな人から言われて……そんなこと分かっている。だから今も必死に練習をしているのよ」

一度漏れ出した感情を止めることはできない。凛香は口を閉じることはなかった。

「ふと考える瞬間があるの。私、何のために頑張っているのかしら、と。ただ流れに翻弄されてワタワタと動いているだけな気がする」

「凛香……」

「素の私で頑張り、クール系アイドルと呼ばれるようになった。けどいつのまにか、意図的にクール系アイドルだと自分に言い聞かせるようにもなっている。素の自分が仮面になりつつある……自分でもよく分からないわね。水樹《みずき》凛香が水樹凛香を演じている、と言えばいいのかしら。良いたとえが思いつかないわ」

止まることなく喋《しゃべ》り続けた凛香は、最後に自嘲気味な笑いを漏らした。

そして「和斗……っ」と救いを求めるように呟《つぶや》き、より強く抱きついてくる。

薄い布越しで感じる凛香の温もりが、懸命に生きようとする熱量に感じられた。

……純粋に本質を求めるがゆえの悩みだろうか。

普通の人はそこまで考えない。考える時期もあるだろうが、自然と考えなくなるもの。

凛香もそうなるかもしれないが、その前に心が疲れ切ってしまいそうな気がした。

「……すー、すー……」

安定した寝息が耳元から聞こえてくる。寝てしまったらしい。

思えば、凛香はよく寝ている。それも俺の近くで寝たがる。

まだ俺たちが付き合う前のことを思い出した。

初めて凛香《りんか》が俺の部屋に来た時も、安心したようにベッドで寝ていた。

睡眠は無防備になる行為だから、心から信頼できる人のそばで……。

「俺は、アイドルの苦労を理解してあげることはできない……ごめん。でも、凛香が辛《つら》そうにしているのは分かる。だから、俺が支えになるよ。ずっとそばにいる。もし疲れちゃったのなら……アイドルを一旦休んでもいいし、やめちゃってもいい。俺とのんびりとした時間を過ごそう」

当然ながら返事はない、そう思っていたが――。

「……ありがとう。もうちょっとだけ、頑張ってみるわ。負けたく……ないの…………」

僅かに意識があったらしい。消え入りそうな声で応えた後、今度こそ寝てしまった。

…………誰に負けたくないのか。周囲の人にか、悩んでいる自分にか。

たまにネット記事で流れてくるが、誹謗中傷《ひぼうちゅうしょう》のせいで悲しい判断をした芸能人を見かけることがある。不安で仕方ない。心の本質を求めるほど純粋ということは、善も悪も受け入れてしまうのではないだろうか。並の人よりも精神の摩耗が激しいに違いない。

強さと脆《もろ》さ、凛香は両方を抱えている。

そもそもアイドル活動は大変だ。

少しだけ調べたことがある。雑誌やグラビアの撮影もあるし、人気が出ればテレビの出演もある。現在の凛香がそうだ。もちろんライブに、イベントで全国各地に赴くことも。

俺にできることは、なんだろうな。

凛香の寝息を聞きながら、そんなことを考えてしまうのだった。

☆

数日経過した。カレンダーを見て夏休みの終わりが近いことを感じ始める。

残念なことに、以前言った通り凛香は本当に忙しくなっていた。

家にいる時間が極端に短い。夜遅くに帰ってきたかと思えば、俺たちと口を利くことなくお風呂に入って部屋にこもってしまう。そのまま早朝まで出てこない。そんな毎日。

梨鈴曰《いわ》く『ヤバい兆候』とのこと。

昔もパンクしかけた時、凛香は一人になりたがる傾向があったらしい。

結果として、ネトゲをする時間が増えて精神が安定するようになったのだから良かったが……。今回はそうもいかないようだ。

俺から凛香に話しかけても『大丈夫よ』とあしらわれ、相手にしてもらえない。

目の前のことに没頭しており、他のことには一切目を向けていない。

天才は一つのことに没頭する傾向があるらしいが、凛香もそうなのだろうか？

何よりも素っ気ない態度に驚かされる。俺が見る初めての凛香だ。

しかし梨鈴は見慣れていると言っていた。

同じグループで頑張る者として、俺よりも色んな凛香を知っているのだろう。

リビングのソファで凛香の帰りを待っていた俺は、壁に掛けてある丸時計を見て呟く。

「今日も遅いなぁ」

すでに日付が変わっていた。深夜だ。

「………………んぅ」

俺の隣に座っている乃々愛《ののあ》ちゃんが、眠気に襲われて頭をカクンカクンと前後に揺らしている。普段は23時に寝てしまう幼女。今日は凛香を出迎えたいと言い、頑張って起きていた。でも寝落ち寸前になっている。

「……でへへ。眠そうな天使……可愛《かわい》いっ」

だらしない表情を浮かべた梨鈴が、ひたすら乃々愛ちゃんの顔をスマホで撮影している。

言い訳ができないほどに変態だな。

何か言ってやりたいが、気持ちは分かるので咎《とが》めることができない。

「日付が変わる前に帰るって言っていたから、もうすぐだと思うけど……」

「……凛香さん、自主練してる」

「そっか……」

批判されていることを気にして練習に励んでいるのか。

実際の苦労を知らない俺には『批判なんて気にするな』とは軽々しく言えない。

無力に感じていると、乃々愛ちゃんが眠そうに目を擦《こす》りながら口を開く。

「えとね、今の凛香お姉ちゃん……昔みたいになってるの……」

「昔みたいに？」

「うんー。でもね、ネットゲームをしたら笑顔になってたー」

「……凛香さんは、ネトゲで機嫌を戻してた、ということになる」

「なるほどなぁ。でも今の凛香、ネトゲをする時間がないよな」

「……昔は、今ほど売れてなかったからネトゲをする時間もあった……今は無理」

「だよな。ちなみに梨鈴は？」

「……たまに、する時間がある。お兄、その質問きらい」

「ごめんなさい……」

梨鈴もスター☆まいんずのメンバーなのは理解している。でも全く忙しそうに見えない。いや凛香と同じように出かけることは多いが、いつも飄々《ひょうひょう》としているので本当に忙しいのか分からないのだ。これも小森《こもり》梨鈴というキャラであり、魅力の一つなんだと思う。

この会話を最後に、沈黙が流れ始めた。

俺が異変を感じて顔を上げたのは十分ほど経過した時だ。

外は静まり返った夜の街。日中の騒音が消え去ると、家付近の走行音がリビングにまで聞こえてくる。俺は二人と違って聞き慣れていたので、思わず「あ、凛香が帰ってきた」と呟いた。毎回タクシーで帰ってくるのだ。

俺の声に反応した乃々愛ちゃんが、ハッと目を覚まして顔を上げる。

「あれ、凛香お姉ちゃんは？」

「もうすぐ家に入ってくるんじゃないかな」

「ほんと？　じゃ、いかなくちゃっ」

ピョンとソファから飛び降り、乃々愛ちゃんはトテトテと玄関に向かって走っていく。

「……私も行く。最近、凛香さんと話せていないし」

「そうなのか？」

「……うん。疲れていて、最近は早めに寝てた」

梨鈴《りすず》、いつも凛香より早く帰ってくるもんなぁ。

同じグループでも、人気に差があると目に見えて変化が生じるらしい。

「……ふんっ」

「あだっ！」

頬を膨らませた梨鈴から、何の前触れもなく脛《すね》をゲシッと蹴られた……。

「な、なにをするんだよ」

「……なんかムカついた」

「前から言おうと思っていたけど、感情のままに人を傷つけることをしたら――」

「……凛香さん、今行く」

プチ説教から逃れるためもあってか、梨鈴は俺に目も向けず小走りで玄関に向かった。

……なんて妹だ。失礼なことを考えた俺が悪いのだけれど。

「俺も行くか」

実は毎晩、俺は凛香を出迎えている。今日は乃々愛ちゃんと梨鈴がいたが、いつもは俺一人で待機していた。ただまあ……凛香は素っ気ないんだけど。

出迎えても『ごめんなさい。もうお風呂に入るわ。それに勉強したいこともあって……』と言って、一方的に会話を遮断して去ってしまう。

今日も同じ展開になるかもしれない。……不安だ。

梨鈴と乃々愛ちゃんを傷つける結果になったらどうしよう。

今更な悩みだけど、二人を止めた方が良かっただろうか。

二人の意思を尊重するつもりで一緒に待っていたが……。

俺が玄関に向かうと、家に上がった凛香に乃々愛ちゃんが「おかえりなさい、凛香お姉ちゃん！」と嬉《うれ》しそうに声をかけているところだった。

「あら乃々愛。こんな時間まで起きているなんて珍しいわね。早く寝なさい」

「ごめんなさい……。凛香お姉ちゃんにおかえりなさいって言いたくて……」

「そう……ただいま」

「え、えとね。あんまりむりしないでね」

「してないわ」

「で、でも――――」

「しつこいわよ、乃々愛」

「あうっ……ごめんなさい」

ややキツイ口調で言われ、叱られたと感じた乃々愛ちゃんは悲しそうにうつむいた。

さすがにこれは見過ごせないと思ったのか、梨鈴が乃々愛ちゃんを抱きしめながら凛香を窘《たしな》めようとする。

「……凛香さん、今のは良くない。乃々愛ちゃん、眠たいの我慢して待ってたのに……」

「頼んだ覚えはないし、小さい頃から夜更かしは良くないわ。梨鈴も早く寝なさい」

「……凛香さん――――」

「私、明日も早いの。梨鈴も早いでしょう？」

「……そうだけど……」

チラッと梨鈴を一瞥《いちべつ》した凛香は、何かを言おうとする二人を振り切るように、廊下を歩き始める。途中、俺とすれ違って足を止めた。

「あ、和斗《かずと》……」

「おかえり」

「……っ」

気まずそうに視線を逸《そ》らし、足早に去っていった。いつも通りだな。

「凛香お姉ちゃん……昔に戻っちゃった………ぐすっ」

「……乃々愛ちゃん。今日も私の部屋で寝よ」

「うん……先に寝てるね」

酷《ひど》くしょんぼりした乃々愛ちゃんは、重たい足取りで階段を上がっていった。

凛香から素っ気ない態度を取られて悲しくなってしまったんだろうな。

「……お兄。凛香さん、やっぱり無理してる。余裕がない」

「ああ、そうだな」

「……そうだなって……。ちょびっと冷たい反応……凛香さんのことが心配じゃないの？」

梨鈴が非難と怒りの感情を視線に込め、こちらを睨《にら》んでくる。

心配に決まっているが……今は止めるべきじゃない気がしていた。

「……凛香さんを説得してほしい。もうちょっと肩の力を抜いてもらうか……何とか仕事を減らしてもらうとか」

「……」

「……お兄の話なら聞いてくれる。私から言っても、まずは自分の心配をしなさい、って言われて……」

「俺も凛香《りんか》と全く同じ意見だなぁ」

「……私のことはいい。最近、分かったことがある。凛香さんはお兄とネトゲをすることで今まで心が安定していた。ネトゲができなくなると……リアルに入れ込み過ぎて不安定になる。アイドル業はメンタルに直結するから余計にそうなる」

「梨鈴……」

「……リアルで説得してほしい」

「説得ね。何を説得するんだ？」

愚問だと言いたげに、梨鈴は眉を寄せた。

「……自分を追い込み過ぎないように、説得するに決まっている」

「凛香は頑張ろうとしているんじゃないかな。好きにしたらいい」

「……お兄、冷たくなった。前までは、もっと心配する気持ちがあったのに……！」

「心配はしてるけど……」

「……凛香さんが潰れたら、どうするの？」

「それは絶対に嫌だな……。ま、俺は何があっても最後まで凛香に寄り添うだけだよ」

「……最後までって——お兄、どこ行く。話は終わっていない」

俺がキッチンに足を運ぶと、珍しく怒り気味の梨鈴がついてきた。

「この前、凛香と一晩を過ごして……色々考えたんだ」

喋《しゃべ》りながら俺はスマホを取り出し、『おススメの夜食！』というサイトを開いた。

カロリー控えめのスープが主として掲載されている。

「……何をしてるの？」

「凛香はさ、とことんやらないと気が済まないタイプだと思うんだよ」

「……うん」

「自分の考えや感覚を大切にして生きて……だからこそ思い込み（？）が強いところもあるんだけどな」

ネトゲで結婚＝リアルでも夫婦、その考え方が一番分かりやすい。

これに関しては思い込みというか、ぶっ飛んでいるけども。

「さっき凛香が潰れたらどうするって聞いたよな？」

「……うん」

「俺は凛香が潰れないように支えるし、仮に潰れてしまったら立ち直るまで寄り添うよ」

「……普通は、そうなる前に止めるもの。お兄、間違ってる」

だなー、と俺は軽く笑いながら鍋を取り出した。自分でも思うところはある。

「もちろん危ないことをしようとしていたら全力で止める。でも今の凛香は自暴自棄になっているんじゃなくて……自分の限界を確かめようとしているというか、成長しようとしていうというか…………ごめん、俺の勝手な予想。その辺は同じグループの梨鈴の方が分かるんじゃないか？」


凛香が俺に甘えてこなくなったのも、そういうことなんだと解釈している。

通常の凛香であれば、俺の出迎えに大げさなくらい喜ぶはずだ。

自画自賛のようだが、実際にそうなると分かる。


「…………」


全ては俺の予想であり想像。基本的に俺と凛香は家の中でしか過ごせない。

甘えてくる彼女、強がる彼女、疲れている彼女……俺が見ることができるのは、ごく一部の顔だけ。俺は材料を求めて冷蔵庫の中を漁《あさ》る。


「……さっきも聞いたけど、なにをしてるの？」

「凛香の夜食を作るんだよ。ここ最近、毎日作ってる」

「……ゆ、ゆで卵しか作れなかったお兄が……！」

「親子丼で目覚めたよ。俺、戦闘職だけじゃなく、生産職もいける」

驚愕《きょうがく》で目を大きく見開く梨鈴に、俺はキリッとした誇らしげな笑みを浮かべた。

「……毎晩遅くに、お兄がキッチンでゴソゴソしているのは気づいていた。まさか夜食を作っていたなんて……」

「まあな。自分でも成長した気がするよ」

「……私はてっきり、特殊な自家発電をしているのかと……」

「は？　自家発電？　なんだそれ」

「……な、なんでもないっ！」

サッと頬を赤く染めた梨鈴が、プイっと顔を背けた。

なんか変な意味で言ったな、この子……。

「……私は夜食を作ってもらったことがない……」

「梨鈴は健全な時間に帰ってくるからなぁ」

「……私を暇人みたいに言わないでほしい。これでも人気アイドルの一人」

「全然そんなふうに見えないのが、逆に魅力でもあるよな」

「……ん、これは？」

キッチン台に置いてあるお盆を見て、梨鈴が首を傾《かし》げる。俺が事前に用意していたものだ。しかし梨鈴が見ているのはお盆ではなく、その上に載せられた一枚の紙。半分に折られている。それも俺が用意した手紙だった。

「……なにこれ」

「夜食を載せるお盆。あと凛香への手紙……あ、読まないでくれよ。恥ずかしい」

「……ふーん……何を書いたの？」

「別に凝った内容じゃないよ。お疲れ様とか、今日も一日ご苦労様とか……そんなもん」

「……ひょっとして、毎晩？」

「うん」

この手紙にどれだけの効果があるか不明だが、少しでも凛香の励みになるなら……と思っての行動だった。もし迷惑なら何か言ってくるだろうし、何も言ってこないのなら励みになっていると捉えていいはず。

「……めっちゃ献身的」

「そうでもないよ。俺はしたいことをしているだけだし……」

「……ちょびっと羨ましい」

「梨鈴《りすず》の分も作ろうか？」

申し訳ない気持ちからの提案だった。これは依怙贔屓《えこひいき》かもしれない。梨鈴だってアイドルの仕事を頑張っているのに、凛香だけにこういうことをするのは良くなかった。

そう反省するも、梨鈴は優しく微笑《ほほえ》み、ゆっくり首を横に振った。

「……ううん、いい。凛香さんだけにしてあげて。きっとそっちの方が特別になるから」

「そう？　じゃあ……分かった」

俺が鍋を取り出して準備を進めていると、梨鈴も話が終わったとばかりにこちらに背を向けて一歩踏み出す。だが、すぐに足を止め、振り返らずに言った。

「……凛香さんが、お兄を選んだ理由が分かる。こういうことを当たり前のようにしてくれて……支えてくれる人だと、分かっていたんだ」

どうだろうな。凛香に出会う前の俺なら、夜食を作ったり、手紙を書くという発想すらできなかったと思う。今の俺だからこその行動だ。

今度こそ梨鈴はキッチンから去っていった。

変な余韻が残され、なんとなく照れ臭くなり頬を掻《か》いてしまう。

梨鈴は大げさに言っていたが、夜食って簡単に作れるんだよな。

手紙も五分くらいで書いてるし……。

「さて、作るか」

俺が凛香の直接的な支えになることは無理だ。ましてやアドバイス、口出しをするなんて論外。凛香はプロの人。実際に働いている人にしか分からない悩みや苦労だってあるだろう。それを素人の俺が、自分の考えで何かを言うのはおかしな話。

俺にできるのは、好きな人を応援すること……たったそれだけだ。

☆

五日後。香澄《かすみ》さんから連絡が届いた。凛香が、雑誌の撮影中に倒れたと。

「……お兄、凛香さん倒れたよ」

その言い方は報告ではなく、改めて事実を俺に突き付け、責めていた。

俺と梨鈴は二人分ほどの距離を空けてソファに腰を下ろし、お互いの顔を見ることなく正面のテーブルに視線を注ぎ続ける。

香澄さんから凛香が倒れたという報告を受けた日の翌日、俺たちは動揺や焦りを一切隠すことなく、かといって何かができるわけでもなく……家の中でバタバタと興奮する犬のように動き回っていた。

今ここにいない乃々愛《ののあ》ちゃんは昨日の間に家に帰り、自宅で一週間の療養を言いつけられた凛香のお見舞いに行っていた。おそらく今日も水樹《みずき》家で過ごすだろう。

梨鈴と奈々《なな》も昨日、お見舞いに行っていた。

だが俺は行っていない。香澄さんから言われたのだ、『凛香が来てほしくないと言っている』と。凛香は俺のお見舞いを拒絶していた。

「……もう、お昼」

「うん……」

凛香が心配で空腹すら忘れていた。思い出した今でも何かを食べる気が起きない。

ちなみに凛香が倒れたことは外部に漏れていないそうだ。情報は身内だけにとどまっている。これも無用な騒ぎを起こさないためか。

「……凛香さんが倒れた理由、過労だって」

「うん……」

「……寝不足もあるし、精神的な疲労も……」

淡々とした梨鈴の声を聞きながら返事をする。その話はすでに香澄さんから聞いた。

「……やっぱり止めておけば良かった……結果論だけど、そう思う。夏休みが終われば忙しさもマシになる……凛香さんはそう言っていたけど、もたなかった」

「そう、だな」

「……凛香さんの意思も尊重するのは大切だけど……。お兄、大人目線で若気の至りと前向きに考える？　言い方はアレだけど、まだ過労で済んだって」

「………………」

何も言えない。頑張り続ける凛香を止めなかったのは俺だ。責任は俺にある。

それは間違いない。凛香の一番近くにいたのは俺なのだから……。

凛香はファンのために頑張ってると言い、そして負けたくないとも言っていた。

誰に負けたくないのか、そこまでは具体的に言っていない。

俺は今の凛香を止めるべきではないと感じた。

俺が止めれば凛香は自分の感情よりも俺の言葉を優先するだろう。

でもそれは多分……凛香の中で悔いを残すことになるんじゃないか？

止めてほしいなら、どこかで救いを求めるサインを出していた。

俺と極力話をしないように、けれど夜食と手紙を受け取っていたということは、頑張り続けたいという意思表示だと俺は判断していた。

だけど——支えるにしても他に方法があったはず。凛香《りんか》の体を配慮した方法が……。

「…………ん？」

着信音が聞こえ、スマホを取り出す。香澄さんから電話が来ていた。凛香のことだろうか。そう予想しながら応答し、驚愕することになる。

「和斗《かずと》くん!?　そっちに凛香行ってない!?」

「来てないですけど……凛香はそっちにいるのでは——」

「さっき部屋を見たら、凛香がいなくなってたの！」

「なっ——」

「あの子、家から脱走した！　連絡もつかない！」

切迫していることが伝わる大きな声が、スマホから漏れて隣にいる梨鈴の耳にも届く。

俺の袖をクイっと引っ張り、「……なにがあったの？」と尋ねてきた。

スマホを顔から遠ざけ、「凛香が家から抜け出したらしい」と伝える。

「——っ」

息を呑《の》み、梨鈴の顔が強張《こわば》った。誰だってそういう反応になる。

「和斗くん！　もし凛香から連絡が来たら教えて！」

「分かりました」

多分来ないな、確信に近い気持ちで承諾した。

確かに凛香なら俺に連絡してきそうだが……今回はない気がする。

香澄さんとの通話が終わり、スマホを傍らに置いた。

「……お兄、今すぐ捜しに行こう！」

「あてはあるのか？」

「……ない、けど………」

すかさず立ち上がり飛び出す勢いを見せる梨鈴に、現実的な質問を浴びせると、鎮火したみたいに両肩を落とした。

「……あてはないけど……ジッとしていられない」

「捜し回るのはいいけど、俺たちは冷静に行動するべきだと思う」

「……やけに落ち着いてる。なんで？　お兄が一番取り乱すタイプなのに……！」

納得いかないと怒りをぶつけてくる梨鈴。気に食わないのだろう、凛香の恋人である俺が落ち着き払っていることに。自分でも、静かな心を保っているな……と驚く。

……もしかしたら、頭のどこかで凛香が倒れることを予想していたのかもしれない。

予想していた自覚がなかっただけで……。

そして今回の脱走、これもクール系の凛香に合わない行動だと理性が告げるが、もう一人の俺が『凛香ならありえる』と冷静に状況を受け入れていた。

自分について考え続ける俺に対し、ついに梨鈴はしびれを切らす。

「……凛香さんが行きそうな場所を片っ端から捜す。スター☆まいんずのメンバーも、時間ができた人から捜しに行くみたい。お兄も私と一緒に行こ、今すぐ」

そう言われるが、俺は焦らず首を横に振った。

瞬間、見るからに梨鈴の顔が怒りに染まる。眉をつり上げ、俺の肩を強く摑《つか》んできた。

「……お兄！　なに大人ぶってんの！　そういうの、嫌い！」

「俺さ、心当たりがあるんだよ。凛香がどこに行きそうなのか」

「……え」

「でも確実じゃない。確実じゃないけど、もしあそこにいるなら……俺が行くべきだ。だから……リアルの方には行けない」

「……リアルの方──あ」

こちらの言い回しに梨鈴はすぐ気づいたようだ。考える様子を見せ、納得したのか頷《うなず》く。

「……そっちは、お兄に任せる」

「うん。任せてくれ」

話は終わりだろうか。梨鈴は何かを言いたげに唇を震わせ、視線を左右に彷徨《さまよ》わせる。

「梨鈴?」

「……その、さっき嫌いって言ったけど……嫌いじゃない。……なんかの勢い」

「分かってる、気にしてないから」

「……んっ。凛香さんがあっちにいるってお兄が思うのなら……それが正解。きっと間違ってない」

謎の信頼感。ついさきほどまで取り乱していたとは思えない確信に満ちた喋《しゃべ》り方だった。

俺は何も言うことなく、梨鈴がリビングから去っていくのを見届ける。

ドアの開閉音が廊下を通じてこちらまで響いてきた。

「さて、俺も行くか」

自室に移動してパソコンの電源を入れる。

ネトゲを起動しながら、俺は凛香の心境を想像していた。

おそらく逃避。家から抜け出したのは逃避。

色んな人に迷惑をかけることくらい分かっているはず。それでも脱走してしまった……。

リアルを拒絶した心理的な行動。すべてを放り投げて一人になりたい瞬間、というやつだろうか。倒れたことへの罪悪感や情けなさ……。

自分のことでいっぱいいっぱいになっていても、人の気持ちを考える凛香なら逃げてしまったことへの罪悪感があるはず。

なら、その次は？　辛《つら》い時の逃げ場所にしていたネトゲにすがる。

かつての凛香は、現実では色々考えることや気にすることが多いから、リアルの余計な情報がそぎ落とされたネトゲの世界に没頭していたのではないだろうか。

現実逃避が悪いとは言わない。誰だって休息は必要になる。

だが今回の一件、追い込まれた凛香をリアルで初めて目にして確信に至る。

凛香は弱い女の子だ。

強いと思っていた。ずっと俺が支えられていると思っていた。

俺の何が凛香の支えになっているのか実感していなかった。今は分かる。

ネトゲは凛香にとって、本質を求めやすい世界であり、逃げ場所でもあった。

凛香のイメージに、逃げるという行為が結びつかなかった。

凛香自身も気づいていない。

もちろんこれらは俺の想像の域を超えない。

しかし凛香が以前梨鈴《りすず》に言っていたように、理解しようと歩み寄る努力はできるはずだ。

「…………」

カズでログインしようとしてやめる。避けられる気がした。

もう一度、凛香の立場になって少し考えてみる。俺を遠ざけながらも応援してもらっていた。申し訳なさで距離を置きそうな気がする。未《いま》だ俺に連絡を取らないのが根拠。

もし凛香がリンでログインしているとして、カズがログイン状態になれば逃げてしまう可能性がある。あくまでも可能性。俺のお見舞いを拒絶した一件もある。

念のために新キャラを作成することにした。名前に悩む。

凛香のファンということでリンファンとかどうだろ。

ちょっと痛いか？　まあいいや、と割り切る。職業はカズと同じウォーリア。

こうして【リンファン】という新しいキャラクターが生まれた。見た目はデフォルトで設定されている容姿だ。短髪のたくましいイケメン。【黒い平原】の看板キャラでもある。

さっさとチュートリアルを飛ばし、自由に動き回る。

俺は【黒い平原】唯一の雪山、その頂上を目指した。

山裾は緑豊かな草原が広がっているが、頂上に近づくほど見える世界が白銀に支配されていく。モンスターの種類も環境に応じた種類に変化し、雪男みたいなやつまで出現する。

今のリンファンでは勝てない。でも逃げることは可能だ。走ればいい。

この雪山の頂上には何度もリンと足を運んだものだ。

グラフィックに凝っている【黒い平原】は空のクオリティも目を見張るものがあり、雪山からの絶景はリンのお気に入りでもあった。

星空を眺めながら、夜通しチャットをしていたことも少なくない。

話題は特別思い出すような内容でもなかった。本当に他愛もない話題……。

ネトゲ内における話や、映画や漫画の話もしていた気がする。

「到着した。――」

眩《まばゆ》い陽光で画面全体が白っぽくなる。雪に染まる山頂に辿《たど》り着いた俺は、崖の端に座る一人のプレイヤーを発見した。距離が遠く、米粒サイズにしか見えない。

それでも輝く金髪とエルフらしい細身の体格なのは認識できた。

積もった雪に足跡を残しながらリンファンは前進する。

距離が縮まり、ついに目の前にいるプレイヤーの名前が表示された。

【リン】　家から脱走した――俺のお嫁さんを見つけた。

「本当にいた……」

そう呟《つぶや》きながら、やっぱりという思いも抱く。

俺はリンファンを操作し、こそっとリンに近づけた。

リンは崖から世界を見渡すように、縁《ふち》で膝を抱えて座っている。

どこからインしているのだろう。ノートパソコンは俺の家にある。

なら――ネカフェか。凛香がネトゲにログインしていることを、キーボードの脇に置いていたスマホで香澄《かすみ》さんに連絡しておく。

「話しかけて、みるか」

リンの背後に移動してから『こんにちは』とチャットを送ってみるが、いくら待っても返事はなかった。完全に無視されている。もしくは放置中？
試しにリンファンをリンの隣に座らせてみる。誤って前進させれば落下死だ。
するとリンがサッと素早く立ち上がり、リンファンから距離を置いて再び座った。
…………。
もう一度近づいて隣に座ってみる。また離れられた。
「ろ、露骨すぎるだろ……！」
さらにリンからチャットが送られてきた。
『私、夫いるので』
……えぇ。やっぱりカズで来た方が良かったか？
いっそ正体をバラすのも……いや、もう少し様子見だ。チャットを送る。
『なにかありました？』
俺は決して諦めない。思えば俺たちが出会った当初も、心理的な距離があったのだ。
これくらい――。
やがてリンが立ち上がる。移動し、リンファンの後ろへ。おもむろに弓を構え――え？
これはまずい、攻撃されたら崖から落下する――――！
慌てて逃げようとするが、矢を放たれるのが先だった。それも通常攻撃ではない。
スキルだ。吹き飛ばし効果がある殺意もりもりの攻撃。

緑光の螺旋《らせん》を纏《まと》った矢が、リンファンの胸に突き刺さる。

瞬間、バンッ！　と炸裂《さくれつ》音が鳴り、リンファンは雪とともに宙へ吹き飛ばされた。

これはお手上げ。崖からヒューッと落下していく映像を眺めるしかなかった。

「冷たすぎるだろ、話しかけただけでこれって……」

そりゃ俺以外にフレンドはできないよなぁ。

ギャルゲーというわけではないが、リンを攻略することは普通では無理だろう。

それでも、もう一度挑戦する。死んで近くの街で復活すると、再び雪山の頂上を目指して走る。十分ほどどしてリンのもとに戻ってこられた。

『いきなり攻撃は酷《ひど》い』

『しつこいです。名前が被《かぶ》ってて気味悪いし……通報しますよ？』

容赦ないな。仲良くする気は全くなし。リンの顔も怒りに満ちていた。怖い。

でもここで撤退の選択肢はない。再度リンファンを隣に座らせてみる。

すぐにリンは立ち上がり、背後に回ってこようとしたので、すかさずチャットを打った。

これ以上他人のフリをしていると、凛香《りんか》と話す機会を失ってしまう。

『俺たちが出会った頃も、これくらいの距離感だったよな』

『え？』

『リンはやたら敬語を使うし態度が堅いし。必要最低限のチャットしかしない。一週間もすれば多少は打ち解けたけど』

『カズ？』

『うん』

素早い返事をしていたリンが、急に黙る。何かを考え込んでいるのだろうか。

と考え、嫌な予感がして咄嗟《とっさ》に『ログアウトしないでほしい』と送った。

『あとワンクリックで、ログアウトできてた』

『やっぱりか』

危ないところだった。今の俺は冴《さ》えているかもしれない。

『どうして私がここにいることが分かったの？』

『凛香なら……リンなら、ここにいる気がした』

『すごいねカズ。私のこと、何でも知ってるんだ』

『逆だよ。今回のことで、俺はリンについて知らないことが沢山あると思い知らされた』

水樹《みずき》凛香は強い存在だと、己を貫く女性だと思い込んでいた。それは正しかった。

しかし弱さも兼ね備えているとは考えもしなかった。

本当の意味で弱さがない女性であれば、そもそもネトゲをしなかったのだ。

仮にネトゲをしたとしても、カズ（俺）に寄りかかることはしなかっただろう。

趣味の範囲でしていたはず。ネトゲに心の付き合いは求めなかった。

『最初はね、歌やダンスが上達するのが楽しかった』

リンからのチャットに意識を集中させる。キーボードから手を離した。

『グループの皆と頑張るのが楽しかった。ファンから応援され、応えるのが楽しかった』

『でも最近は嫌な言葉ばかりに目に入る。忙しいし、しんどいけど……意地で頑張っていた。今の時期を踏ん張って乗り越えればすべて解決すると……。それがファンの人たちを満足させることにも繋《つな》がると思ってた』

『でも倒れてしまった。水樹凛香というクール系アイドルのイメージに合わない事態。周囲を裏切った。そして気づいたら家から逃げて——どこかのネカフェに転がりこんでいた』

今の凛香の思いが全て吐き出された文章。共に苦楽を経験できない俺は、本当の意味で理解できないし、感情移入することも難しい。

だとしても、辛い思いをしていることだけは痛いほど分かる。

『失望した？』

『してないよ。凛香が何をしても嫌いにならないし、周囲からどんな評価をされようと俺の気持ちは変わらない。でなければネトゲ内でリンを好きになっていない』

『カズ……』

『俺が告白した時にも言ったけど、俺はどんな凛香でも受け入れる。いや受け入れるという意識すらないかな。俺が辛かった時、凛香は言ってくれた。夫婦はお互いの帰る場所になると。それってさ、逃げ場所……休息場所って意味にもなるんじゃないか？』

普段はグイグイ来るのに、変なところで凛香は強がるからなぁ。

クール系アイドルといえば、言動に一貫性がありそうなイメージがある。

だが凛香は感情で動くことが意外と多く、想定外の行動をとることが頻繁にあった。

そして今回、凛香が家から逃げ出した理由。

周囲からの期待や悪意に精神を削られ、倒れた自分を責め続け疲労をため込み、リアルから解き放たれたかった……というところだろうか。

なら俺が彼女にかける言葉は決まっている。考えるまでもない。

『どれだけ強がってもいいし、いつ逃げてもいい。でも忘れないでほしい。俺は凛香をいつでも見てるし、いつでも応援してる。何をするにしても支えたいと思ってる……その、夫としてさ』

恋人と打とうとして、変えた。この状況に限って……いや、凛香の言う本質で考えれば、もはや恋人だの夫婦だの関係ない。それはリアルで作られた関係名に過ぎなかった。

無言の時間が続く。

俺なりに熱のこもった言葉を投げかけたが、反応がない時間が続けば、次第に心の熱も冷めていく。ひょっとして放置？　トイレで離れてる？　え、こんな臭いセリフを連発したのに？　などと考え、猛烈に恥ずかしくなってきた。今すぐログアウトしたい。

　時間はかかったが、ちゃんとリンから返事が来る。

『ありがとうカズ。とても気持ちが軽くなった。涙が出るくらい胸が温かい……』

　そんな大したことは言っていない。励ましというほどでもないし……。

『心で寄り添ってくれているのが、ただの文字なのに伝わってきた。やっぱりネトゲは、心と心で交流できる世界だね』

　そう言ったリンは、確かに笑った。ネトゲ内のキャラの表情だったが、リアルの凛香も無邪気な笑顔を浮かべているのだろう、そう思えた。

『最初からカズに頼っておけば良かった。なんかムキになっちゃって……』

『大丈夫、リンが一人で悩み込んだとしても、俺の方から頼られに行くから』

『カズ！　ううん、私の大好きな夫！』

　数分前の冷たいリンとは真逆なリアクションだな……。話を聞いてもらえる、ただ純粋に寄り添ってもらえる。それだけで人の心は癒されるのかもしれない。

　そう考えると、人によってはリアルでは余計な情報が多く感じるのだろう。

『家に帰らなくちゃ。皆にも謝らないと』

『うん。皆探し回っているよ』

『カズ、私を見つけてくれてありがと。貴方《あなた》と結婚できたことが、私の人生で一番の幸せだね』

そう言い残し、画面上からあっさりとリンは消えた。

終わってみれば何てことなかったように感じる。

「俺って、正しかったのかな……」

多分、もっと上手《うま》いやり方はあった。凛香を倒れさせない範囲で、満足できる頑張らせ方が間違いなくあったはずだ。夜食や手紙だけではなく、もっと直接的な……。

「今のままじゃ、ダメだな」

俺は椅子に深くもたれ、天井を見上げる。

ようやく、自分が凛香にとってどのような存在なのかを実感する。

今まで俺は、一緒にネトゲを遊んでいたつもりでしかなかった。

だけど今回のことで心に刻まれるほど理解する。

凛香にとって、それがどんな意味をもたらしていたのかを……。

「クール系の彼女は現実でも嫁のつもりでいる、ね」

エピローグ

EPILOGUE

夏休み最終日。日が落ちる時間になり、じんわりとした暑さが和らいでいく。

庭に出た俺は、ひんやりとした風で汗が乾いていくのを感じながら花火の準備を進めていた。本当なら皆で花火大会に行きたかったのだが、スケジュール調整、そして世間の目を気にし、背丈並みのブロック塀に囲まれた庭で花火をすることにしたのだ。

水を入れたバケツやゴミ袋などを用意していた俺は、ふと右手の方から明るい話し声が聞こえ、顔を上げる。

「……お兄、私たちのためにご苦労」

「かずとお兄ちゃん！　みてみてー」

ガラスの引き戸を開け、梨鈴《りすず》と乃々愛《ののあ》ちゃんが姿を見せる。二人は浴衣に着替えていた。

梨鈴は黒浴衣に赤い帯。白色で模様が描かれている。縁がギザギザとした曲線や、丸い穴が二つある歪《ゆが》んだ楕円形《だえんけい》がいくつも――あ、これドクロだ。浴衣ドクロ。

背骨とガイコツがオシャレっぽくデザインされている。すごいものを着ているなぁ。

もはや中二病どころではない。奈々《なな》とは違う意味でセンスを疑う。

乃々愛ちゃんは白浴衣に黒い帯。薄い水色で描かれた水草の間を縫うように、自由に泳ぎ回る赤い金魚たちが表現されている。可愛《かわい》い。

二人は和柄のサンダルを手にし、縁側に座って履いた。

「……家の中でしか私たちは遊べない。お兄がいなければ外でも遊べるけど」

「――うっ。なんかその……ごめん」

「……お兄も女の子になれば問題ない」

「それは無理だなー」

「かずとお兄ちゃんは普通の服だねっ」

乃々愛ちゃんからの指摘に、自分の服装を見下ろす。シャツに短パン。部屋着丸出しだ。

「男はこれでいいんだよ」

「……着替えるのがめんどくさいだけでは？」

ジト目の梨鈴が、生温《なまぬる》い視線を向けてくる。……その通りで何も言い返せない。

「……良かったねお兄。人気アイドル二人と天使に交じって花火を楽しめる一般人は滅多にいないよ」

滅多にではなく、俺だけだろうなぁ。

花火セットを楽しそうに開封する二人を見ながら心の中で呟《つぶや》く。

「お待たせ」

「あっ――――」

部屋の奥から縁側に現れたのは、浴衣に着替えた凛香《りんか》。見た瞬間、俺は言葉を失った。

藍色の浴衣に白帯。白色の朝顔や紫色の朝顔が咲き乱れている。後頭部で結ばれた髪の毛は髪留めで固定され、落ち着いた雰囲気のお団子ヘアになっていた。

清楚《せいそ》なクール系アイドル。凛香のファンでもある俺は完全に言葉を失っていた。

「和斗《かずと》？」

「……凛香さんの浴衣姿に見惚《みと》れてる。早く逃げて。この男は今すぐにでも凛香さんに襲い掛かる」

「愛する夫に襲われるなら本望だわ」

「……襲われるの意味、分かってない…………？」

ギュッと唇を結び、覚悟を決めた表情を浮かべる凛香。俺に向かって両腕を広げた。

それを見ている梨鈴は露骨に呆《あき》れた顔で、

「……朝顔のツルって、支柱にぐるぐるに巻きついて離れなくなるよね……」

「それどういう意味で言ってる？　やめてくんない？」

なんか怖いじゃん……。

「私の浴衣、どうかしら」

「可愛い。意識が飛ぶくらい可愛かった。今の凛香をずっと見ていたい」

「そ、そこまで……ッ！　もう、私の夫はどうしようもないわね」

「……飛んだのは意識ではなく、理性では？　療養中の凛香さんを押し倒したらダメ」

「茶化すのやめろ。そろそろ怒るぞ」

「……天使助けて！」

「んぅ？」

梨鈴に抱きつかれた乃々愛ちゃんが困惑し、首を傾《かし》げた。なにをしているんだよ……。
☆

俺が購入した花火セットは手持ち花火が多めに入っていた。種類が豊富でカラフルだが、正直違いが分からない。『スパーク』とか『変色花火！』とか書かれているけど……。

「……乃々愛ちゃん。火は私がつける。袖とか、気をつけて」

「うんー」

火がついた蠟燭《ろうそく》と数本の花火を手にした梨鈴は、乃々愛ちゃんを連れてちょきちょき三号のお墓付近である庭の隅に移動する。残された凛香は縁側に腰かけ、柔らかく口元を緩ませて梨鈴たちを眺めていた。まるで保護者の雰囲気だ。

俺は屈《かが》み、地面に置かれた花火セットを漁《あさ》ることにする。

「花火って色々あるんだな。こうして見るのは初めてだ」

家族と一緒に花火を見たことがなければ、したこともない。

新鮮な気持ちでどんな花火があるのかを手に取って確認していく。

「去年は黒い平原で花火を一緒に眺めたわね」

「去年だけじゃない。出会ってから毎年一緒に眺めていた」

「そうね。今年は……リアルで一緒になったわ」

こんな日が来るとは夢にも思わなかった。思うはずがない。

俺は手に取った手持ち花火（スパークと書かれている）を蠟燭の火に近づけ、点火。

サーッと音を鳴らしながらカラフルな火を放ち始めた。

俺、リアルにおいて初めての花火である。実は火をつける瞬間まで緊張していた。

「おーすごっ。見て凜香、花火って綺麗《きれい》だよな」

「……」

「凜香？」

「花火と妻、どちらが綺麗かしら」

「花火にも嫉妬するの!?」

そんなことを言っていたら火が止まってしまった。これで終わりか。

次の花火を手に取ろうと思い、地面に置いてある花火セットを物色するために屈んだ。

「凜香も一緒にやろうよ」

「ええ」

縁側から立ち上がった凛香が歩み寄ってきた。俺のすぐ隣で屈む。距離が近い。肩と肩が触れ合うほど近く、息遣いまで聞こえた。

「一瞬だけ、動かないで」

「えっ――」

咄嗟《とっさ》に従い、体が固まる。

次の瞬間――左頬に柔らかい何かがぶつかったのが分かった。

その何かは、何度か唇で経験したことがある柔らかさで――。

「え、えと凛香さん？」

「あら、なにかしら」

「さっきの――」

「早く次の花火をやりましょう」

知らんぷりして俺の手元にある花火セットを見つめていた。

でも凛香の頬は真っ赤。クールフェイスだけは保っている。ふ、不意打ちすぎる。

俺たちは次の花火を手に取るが、頬へのキスの余韻を引きずっていた。

ふと顔を見合わせ、至近距離にある互いの顔に焦り、同じタイミングで視線を逸《そ》らす。

その視線を逸らした先には、楽しそうな梨鈴たち。

こっちとは違って、ちゃんと花火で盛り上がっていた。

圧倒的な雰囲気の差を感じていると、凛香が静かに語り始める。

「和斗がいれば……これからも頑張れるわ」

「無理、してない？」

「してないわ。してないけど、疲れていると……なぜ自分が頑張っているのか分からなくなるの。でも和斗がそばにいてくれると心が落ち着いて、自分を取り戻せる。初心に帰れたわ。私を応援してくれる人たち、私を見てエネルギーを得ている人たちが沢山いる……私が頑張る理由は、それだけで十分だったの」

悩みが解消されたのか、凛香は曇りのない晴れ渡る表情を浮かべていた。

「俺はいつでもそばにいるから。リアルで会えない状況になっても……ネトゲでそばに行くよ」

「ありがとう。これぞ夫婦の絆《きずな》ね」

「……」

「なぜ無言になるのかしら」

凛香の目から放たれる鋭い視線が、俺の頬をぶっ刺す。夫婦はまだ早いよなぁ。

決して否定しているわけではない。

恋人としてのステップを踏みたいだけだ。

焦らずにじっくりと……今日みたいな平和な日常を積み重ねたい。それだけ。

「これからも、こんな時間を過ごせるといいわね」

「過ごせるさ、ずっと」

ネトゲ廃人の俺にできることは少ない。

でも俺だからこそできることもある。

今回の一件で、自分の役割が何なのか理解した。

俺自身がしたいことも――――。

「……お兄、感謝しろ。火をつける係に任命する。あとゴミ掃除係も」

「かずとお兄ちゃん、火つけてー」

俺に近づいてきた梨鈴と乃々愛ちゃんが、自分のお願いを遠慮なくぶつけてくる。

「なら私も火をお願いするわ。ええ、花火だけではなく、私の心にも……」

「ごめんなさい意味が分からないです」

思わずため息をついたが、「仕方ないなぁ」と呆れ混じりに彼女たちに返す。

どうやら今の俺にできることは……雑用だけみたいだ（泣）。

OVERLAP

ネトゲの嫁が人気アイドルだった 3
～クール系の彼女は現実でも嫁のつもりでいる～

発　　行　2022 年 4 月 25 日　初版第一刷発行
　　　　　2023 年 7 月 27 日　　　第二刷発行

著　　者　あボーン

発 行 者　永田勝治

発 行 所　株式会社オーバーラップ
〒141-0031　東京都品川区西五反田 8-1-5

校正・DTP　株式会社鷗来堂

印刷・製本　大日本印刷株式会社

Printed in Japan　ISBN 978-4-8240-0155-9 C0193

オーバーラップ　カスタマーサポート
電話：03-6219-0850 ／受付時間 10:00～18:00（土日祝日をのぞく）

作品のご感想、ファンレターをお待ちしています

あて先：〒141-0031　東京都品川区西五反田 8-1-5 五反田光和ビル4階　ライトノベル編集部
「あボーン」先生係／「館田ダン」先生係

PC、スマホからWEBアンケートに答えてゲット!

★この書籍で使用しているイラストの『無料壁紙』
★さらに図書カード（1000円分）を毎月10名に抽選でプレゼント!

▶https://over-lap.co.jp/824001559
二次元バーコードまたはURLより本書へのアンケートにご協力ください。
オーバーラップ文庫公式HPのトップページからもアクセスいただけます。
※スマートフォンと PC からのアクセスにのみ対応しております。
※サイトへのアクセスや登録時に発生する通信費等はご負担ください。
※中学生以下の方は保護者の方の了承を得てから回答してください。

オーバーラップ文庫公式 HP▶https://over-lap.co.jp/lnv/